求是杯·QSP

本书由浙江大学外国语学院求是人文发展基金资助出版

The International Qiushi Prize for
Poetry Writing and Translation

诗意无界

"求是杯"国际诗歌创作
与翻译大赛获奖作品集

（第2辑）

王 永 主编

ZHEJIANG UNIVERSITY PRESS
浙江大学出版社
·杭州·

图书在版编目（CIP）数据

诗意无界："求是杯"国际诗歌创作与翻译大赛获奖作品集. 第2辑 / 王永主编. — 杭州：浙江大学出版社，2024.4

ISBN 978-7-308-24730-6

Ⅰ. ①诗… Ⅱ. ①王… Ⅲ. ①诗集－世界－现代 Ⅳ. ①I12

中国国家版本馆CIP数据核字(2024)第057857号

诗意无界："求是杯"国际诗歌创作与翻译大赛获奖作品集（第2辑）
王　永　主编

策划编辑	董　唯　张　琛
责任编辑	董　唯
责任校对	杨诗怡
封面设计	周　灵
出版发行	浙江大学出版社 （杭州市天目山路148号　邮政编码　310007） （网址：http://www.zjupress.com）
排　　版	杭州林智广告有限公司
印　　刷	浙江省邮电印刷股份有限公司
开　　本	787mm×1092mm 1/32
印　　张	16
插　　页	8
字　　数	295千
版 印 次	2024年4月第1版　2024年4月第1次印刷
书　　号	ISBN 978-7-308-24730-6
定　　价	78.00元

第四届"求是杯"国际诗歌创作与翻译大赛合影

罗良功致辞

王永致辞

创作类一等奖颁奖

翻译类一等奖颁奖

创作类、翻译类
二等奖颁奖

创作类三等奖颁奖

翻译类三等奖颁奖

创作类、翻译类
优胜奖颁奖

汪剑钊点评

梁晓明点评

吴笛点评

郑体武点评

臧棣点评

树才点评

田原点评

第五届"求是杯"国际诗歌创作与翻译大赛合影

颁奖典礼会场

叶彤致辞

创作类一等奖颁奖

创作类二等奖颁奖

创作类三等奖颁奖

翻译类一等奖颁奖

翻译类二等奖颁奖

翻译类三等奖颁奖

优胜奖颁奖

汪剑钊点评

梁晓明点评

臧棣点评

吴笛点评

高兴点评

范晔点评

《毛诗序》写道："诗者，志之所之也，在心为志，发言为诗。"情感存在心中为"志"，用言语表达出来后即为"诗"。用于传达心志的诗歌，以其美妙的韵律和节奏激荡人心，以其深刻的哲理发人深省。诗歌可以激发人的想象力和创造力，正如林贤治所说的，"使人想起春日青草的生长，冬天的飘雪，大雷雨中的惊鹿，野火自由的舞蹈，溪水的絮语和江河的咆哮"。诗歌的语言凝练，含义多变，显示出语言的巨大张力。诗人布罗茨基在诺贝尔文学奖获奖演说中说道："有时，借助一个词、一个韵脚，写诗的人就能出现在他之前谁也没到过的地方。"

确实，诗歌可以借助词与韵脚游走在无边的空间和时间中，构筑一个又一个全新的艺术世界，丰富人的内心世界。一个写诗或爱诗、读诗的人或许会感到孤独，但永远不会感到寂寞，感到空虚，这就是精神的力量、诗意的力量。

浙江大学发起举办"求是杯"国际诗歌创作与翻译大赛（首届大赛的名称为"求是杯"诗歌创作与翻译大赛），旨在提高高校学生的人文素养，培养其理想主义情怀，营造爱诗、读诗、作诗的氛围，助力大学的校园文化建设，搭建中国与世界各国开展诗歌创作、诗歌翻译与研究交流的平台，促进国际文化交流与传播。大赛每两年举办一次，系面向高校学生且集诗歌创作与翻译为一体的国际大赛。

"求是杯"国际诗歌创作与翻译大赛及颁奖典礼的举行，得到了多方的支持与帮助。值此获奖作品集出版之际，谨对所有参赛同学，所有评委，所有为大赛和颁奖典礼付出了宝贵时间和精力的老师、同学表示最诚挚的谢意。由衷感谢浙江大学外国语学院求是人文发展基金的资金支持。衷心感谢本书责任编辑董唯专心细致的工作。

对于收入本书的作品，编者仅对参赛诗歌中不符合编校规范的字词等问题做了少量修改，对翻译及逻辑等方面的问题则一般不做处理，以尽可能地呈现参赛作品的原貌。

第四届"求是杯"国际诗歌创作与翻译大赛组织构成

顾　问
　　黄华新、聂珍钊、许　钧

组委会
　　主　任: 王　永
　　副主任: 高　兴、姜　红、罗良功、张　琛
　　委　员: 姜　磊、卢玲伟、马晓俐、苏　忱、薛冉冉、
　　　　　　杨革新、袁淼叙、赵　佳
　　初评委、复评委: 阿莉塔、樊艳梅、梁晓明、刘永强、
　　　　　　刘　翔、卢　云、罗良功、帕瓦龙、史烨婷、
　　　　　　索菲亚、汪剑钊、吴　笛
　　终评委: 高　兴、梁晓明、树　才、田　原、汪剑钊、
　　　　　　吴　笛、臧　棣、郑体武

秘书处
　　秘书长: 林型超
　　副秘书长: 蒋文颖、赖　艳、刘　芳
　　秘　书: 倪小山、任　洁、任曙碧、沈　扬、张国梅

主　办
　　浙江大学世界文学跨学科研究中心

协　办
　　中美诗歌诗学协会
　　北京外国语大学外国文学研究所
　　《世界文学》杂志社
　　浙江大学出版社
　　浙江大学中华译学馆
　　我爱竞赛网

承　办
　　浙江大学外国语学院、华中师范大学外国语学院

赞　助
　　浙江大学外国语学院求是人文发展基金

第五届"求是杯"国际诗歌创作与翻译大赛组织构成

顾　问
　　黄华新、聂珍钊、许　钧

组委会
　　主　任：王　永
　　副主任：高　兴、姜　红、罗良功、杨革新、张　琛
　　委　员：姜　磊、卢玲伟、马晓俐、任　洁、苏　忱、
　　　　　　王静雷、薛舟舟、袁淼叙、赵　佳
　　初评委、复评委：阿莉塔、陈壮鹰、范　晔、梁晓明、
　　　　　　刘永强、刘　翔、卢　云、罗良功、帕瓦龙、
　　　　　　索菲亚、吴　笛、赵苓岑
　　终评委：陈壮鹰、范　晔、高　兴、梁晓明、刘文飞、
　　　　　　田　原、汪剑钊、吴　笛、臧　棣

秘书处
　　秘书长：朱美洁
　　副秘书长：任曙碧
　　秘　书：陈鑫熠、陈钰冰、胡　路、楼　昱、彭雁飞、
　　　　　　辛梦飞、杨诗琳、杨恽恒、曾玉玲

主　办
　　浙江大学世界文学跨学科研究中心

协　办
　　中美诗歌诗学协会
　　《世界文学》杂志社
　　北京外国语大学外国文学研究所
　　首都师范大学外国诗歌研究中心
　　浙江大学出版社
　　浙江大学中华译学馆
　　我爱竞赛网

承　办
　　浙江大学外国语学院

赞　助
　　浙江大学外国语学院求是人文发展基金

浙江大学外国语学院
求是人文发展基金简介

浙江大学外国语学院求是人文发展基金成立于 2017 年 4 月。该基金由陈雪源、何飞龙、杨旭明、沈维军、金永胜、李亚君、叶胜虎等七位校友发起成立，众筹基金 370 万元，旨在为"求是杯"国际诗歌创作与翻译大赛、国内外知名文学艺术家和专家讲座以及其他与人文学科发展相关的活动提供资金支持。

陈雪源
浙江大学日语专业
1985 届校友

何飞龙
浙江大学英语专业
1985 届校友

杨旭明
浙江大学俄语专业
1989 届校友

沈维军
浙江大学俄语专业
1989 届校友

金永胜
浙江大学俄语专业
1995 届校友

李亚君
浙江大学俄语专业
1995 届校友

叶胜虎
浙江大学俄语专业
1995 届校友

第四届"求是杯"国际诗歌创作与翻译大赛获奖作品及点评

创作类

翻 译 类

第五届"求是杯"国际诗歌创作与翻译大赛获奖作品及点评

创 作 类

翻 译 类

7

优胜奖

获奖名单

第四届

"求是杯" 国际诗歌创作与
翻译大赛获奖作品及点评

第四届大赛简介

第四届"求是杯"国际诗歌创作与翻译大赛于 2020 年 5 月 21 日发布征文启事，截至 2020 年 9 月 10 日，共收到有效参赛稿件 1497 份。其中创作类 408 份，翻译类 1089 份。参赛选手来自中国、美国、加拿大、德国、法国、俄罗斯等 6 个国家的 644 所高校，涵盖 400 多个不同的专业。他们中还包括了在外留学的中国学生，以及在中国求学的留学生。

大赛评审本着公平、公正的原则，采取匿名评审制。评委们经初评、复评环节评选出创作类 30 篇、翻译类 37 篇入围作品。最终由终评委打分，评选出创作类一等奖 3 篇、二等奖 5 篇、三等奖 8 篇，翻译类一等奖 4 篇、二等奖 6 篇、三等奖 12 篇，其余入围作品获优胜奖。

2021 年 5 月 9 日上午，第四届"求是杯"国际诗歌创作与翻译大赛颁奖典礼在湖北武汉黄鹤楼园区落梅轩顺利举行。出席此次颁奖典礼的有："求是杯"国际诗歌创作与翻译大赛组委会主任、浙江大学外国语学院王永教授，浙江大学世界文学跨学科研究中心主任、欧洲科学院外籍院士聂珍钊，湖北省作协原副主席梁必文，湖北省作协副主席、鲁迅文学奖获得者张执浩，中美诗歌诗学协会副会长、华中师范大学外国语学院院长罗良功，华中师范大学外国语学院副院长李俄宪，北京外国语大学外国文学研究所副所长姜红，中国社科院《世界文学》杂志主编高兴，《华中师范大学学报》副主编曾巍，华中师范大学《外国语文研究》杂志副主编魏家海，浙江大学出版社编辑董唯等主办及协办单位的负责人与代表，大赛终评委梁晓明、汪剑钊、臧棣等著名诗人和吴笛、郑体武、田原、树才等著名翻译家，赞助单位代表陈雪源先生，以及此次大赛的初评委和复评委代表、获奖选手。大赛颁奖与诗歌朗诵、诗作译品名家点评精彩纷呈，将此次诗歌活动推向了一个个高潮。

创作类

POETRY WRITING

诗意无界

"求是杯"国际诗歌创作与翻译大赛

获奖作品集

抵达关于爱的地方（组诗）

曹汉清，江苏师范大学科文学院本科生

一个石头一般的少年

你听，今晚又下雨了
你听，淮河的水又涨了
我时常怀着慈悲心，看河水一遍遍冲击岸边的岩石
那些坚硬的石头，不说话，不晃动
像钢铁一般，镶嵌进临河之滨
没有心思，去看人世间所有的浮沉

那个被生活压弯的少年，他还小
在一个朝代的起始，还没有长成七尺男儿
生锈的利剑寄存在破落的青草中，仿佛需要一声号角
一场可以刺穿王朝的变革中，撼动雷霆的英雄
别再小看他，他已经是一个白袍将军

他除了偶尔地停下车，来淮河边饮马
就只能把疆场的气概压得很低

低到一片浪花无声消失在河面
低到一些人开始忘记他的存在
他就像临河之滨的石头，坚硬无比，战无不胜

河边的一株草

一株草，一株生长在河边的草
它太弱了，被风一吹便俯身低头
它太矮了，看不见远方的大地
它还不够强大，我至今怀疑它会不会
有一天，触摸到天空的云朵

漫长的生长季节里，雨水带来了养分
一辈子或许不多，但这些水分足够维持
一千年或许不长，但这些淤泥正修成正果
把简单的自然生长整理得条理清晰
把小小的生命，笼罩在阳光下

当雪花撒在地面
它全身披上银白色的铠甲，厚重的外壳坚硬
冻死的骨头脆弱，那些破碎的光阴
重新开始漫长的循环，等待的是
向一个春天致敬

抵达关于爱的地方

秦淮河的星星还有一段路程，夜空璀璨夺目
远处的灯火和江面的渔火，交相呼应在一起
请坐下来说起一个妇人的故事
丝絮是慈母般的关怀，有光热的温暖
食物是滚烫的心灵，住着慈悲的神灵
以至于，许多年过去了
有水有人的地方，还有一群美丽的天鹅

我们从来都没有这么好好走一段路
从来没有发现树林有麻雀成群
母麻雀从江边寻觅食物，喂养嗷嗷待哺的幼鸟
那只幼鸟多么可爱，一双美丽的眼睛
风也喜欢抚摸它的羽翼，多么温柔
多么柔软，像大海一样地宽阔
这个浪迹天涯的韩家少年，骑着马
抵达关于爱的地方

专家点评

臧棣，诗人、批评家。北京大学中国诗歌研究院研究员，现任教于北京大学中文系。曾获"华语文学传媒大奖·2008 年度诗人奖"（2009），入选"1979—2005 中国十大先锋诗人"（2006）、"中国十大新锐诗歌批评家"（2007）、"星星年度诗人奖"（2015）。出版诗集《燕园纪事》《宇宙是扁的》等。2015 年 5 月应邀参加德国柏林诗歌节，2017 年 10 月应邀参加美国普林斯顿诗歌节。

　　曹汉清的这组诗《抵达关于爱的地方》写得很大气。尤其可贵的是，这三首诗避免了学院诗人写作中的美文腔和才子气。诗歌风格上，它们回归到一种传统的抒情性。虽然显得创新不足，但在语言的表达上却又展露出一种超越了年轻的"纯熟"。从诗人对诗歌主题的设定来说，这组诗的完成度很高。诗人对诗歌情感的把握可以说是非常出色的，完全不像很多同龄人那样容易耽于诗歌的自我冥思。

比如，在《一个石头一般的少年》里，曹汉清虽然触及了青春期的压抑主题（"被生活压弯的少年"），但整首诗的基调依然高昂地定位于生命的自我激励。在诗歌的抒情界面上，这位年轻的诗人总是能将诗人的小我感受升华到对人生际遇的开阔的展望。诗的结尾，诗人如是说，"就像临河之滨的石头，坚硬无比，战无不胜"。当然，也不是一点问题都没有。这里，"战无不胜"有诗歌标语的残留，其实可以删去。但总体而言，曹汉清的遣词能力还是反映了诗人良好的语言感受力。他的诗歌语言的平衡感也值得称赏，诗歌流畅，非常通达，没有丝毫的晦涩成分；这种畅达的诗歌语速，反过来又强化了诗人内在的生命气度。

《河边的一株草》也显示了诗人对诗歌技艺的自觉。这首诗设定的主题很容易滑向两个常见的陷阱：一是自怨自艾，高调凸显自我和生存的对立；二是情绪化地高喊诗歌口号，从观念到观念。而曹汉清的表达则从具体的诗歌场景出发，通过对日常景象和生命寓意之间的细节性的书写，将生命内在的顽强形象转化成了清晰可感的诗歌意象。这首诗基本上没露出什么审美破绽，以诗人年龄而论，做到这一点真的不容易。

《抵达关于爱的地方》也有很多值得称道的地方。这首诗触及了诗和远方的关系，虽然饱含着生命情绪的幻象，基调上却没有疏离现实感，尤其没有忽略对自然事物的关注。诗人的生命追寻还是要从现实出发（生命之路始于秦淮河边），抵达爱的目的地。

交通路 80 号记事

范庆奇，甘肃中医药大学针灸推拿学院本科生

一

白牛巷往南，路过三个路口
有天晚上我路过那里，门口蹲着一个中年男人
他双手抱头，掩面而泣
我站在树荫下，不敢打扰他
一个男人的哭声是多么可怕
就连高原的风也变得沉默
他身后的路灯只为他一个人亮着
昏黄的光亮照在他的身上
人世间又多了一个悲伤的人

二

这里的夜是真正的夜
那么地黑，那么地辽阔
走在交通路以西，三棵香樟树中间

阵雨过后，落叶铺在我面前
像极了一块绿色的毯子
我走在上面，很小心，很小心
生怕踩疼那些死去的生命
簌簌的响声让我想到早夭这个词语
不由得开始幻想父亲
我还没有出生，他就是一堆白骨
虽然他的死亡和我的出生只隔了 103 天
这段时间足够让一具尸体化为白色
从小我便对白色格外敏感
那是父亲的颜色，是我应该敬畏的颜色
在繁华的城市里，我很想找个人说说话
可是夜晚盛大的孤独在头顶盘旋
怎么也挥不去
抬头看树冠的时候，一滴雨水落进眼里
眼前的一切变得模糊，有种失真的错觉
写到最后一句诗的时候
突然希望此刻刮一阵风
它能吹过这个城市，带走人们徒生的焦灼

三

我每天都从这道朱红色的大门进出
作为一个实习医生，保持微笑
面对病患的提问，更多是沉默
我甚至怀疑自己脸上虚假的笑容
会不会是一张粘贴上去的面具
也常常恐惧自己的某句话会误导他们
因此摊上无妄的官司
有些事终究是一场意外
我们不得不谨小慎微
死和生每天都在交通路 80 号上演
每一场戏都有不同的演员
他们太害怕离开这个热闹的世界
上台时都会声嘶力竭地喊出自己的台词
一个人死去，就会有另一个人降生
那时候死亡的色彩染红天空
那时候活着真好

四

凌晨五点的医院，空旷而寂寥
楼房熄灭灯火，路灯点燃黑夜

走廊里绿色的指示牌亮着
预示无论如何黑暗，终归有一丝光明
站在七楼的栏杆边，抬头望见头顶的北极星
那是多么漫无边际的一片漆黑，透着诱人的神秘
星空之下，大地变得渺小
我眼前这片区域，不及人间的一粒微尘
却是最真实的存在
这里的人按时起床，抽血，吃药，做治疗
忍受着巨大的疼痛切开身体，只为多活几天
我知道诗歌不是良药，救治不了将死之人
便躲在黑夜里写诗，一边写一边抹去
我听见街上收垃圾的车走过
天又快亮了，人间每一个脚步都有回响
那些被晨曦照亮的生命，将会执着地活着

专家点评

汪剑钊，诗人、翻译家、评论家。北京外国语大学教授、博士生导师，北京大学中国诗歌研究院研究员。已出版《中俄文字之交》等多部专著、《俄罗斯白银时代诗选》等译著及编著 40 余种。曾获第四届中国当代诗歌奖·翻译奖、第二届袁可嘉诗歌奖·翻译奖。

　　人们总习惯于对诗歌给予浪漫主义的理解，想当然地将它们看作某种象牙塔式的存在。但是，正如唐代诗人白居易所说，"文章合为时而著，歌诗合为事而作"。写作，就需要为时代錾刻下鲜明的印迹，需要贴近生活和现实，切忌无病呻吟。《交通路 80 号记事》书写的便是平素的生活和日常的场景，在写作语言上择取的也是口语化的路数，因此在铺叙上稍显琐碎，但可以看到作者立意反映生活的用心，以及由此带来的诗句的鲜活性。

　　本诗标题中的"交通路 80 号"，如果我猜得不错的话，那应该是一家医院的地址，也是抒情主人公工作的场所。这地址在某种意义上也通过人的积淀性联想为作品在整体上定下了一种黑色的或阴郁的基调。

全诗由四节构成，第一节描写了一个男人的痛哭，作者打破了"男儿有泪不轻弹"的思维定式，强调了书写对象那异乎寻常的生活之痛。第二节涉及的是死亡主题，它由两部分构成。其一是对已逝的父亲的想象，抒情主人公作为遗腹子发出了珍惜生命的呼喊。其二是他所面对的现实世界，三棵香樟树和落叶、城市的冷漠、无边的夜之黑暗，以此对照于"白"，那自"白骨"之"白"生发的某种略带恐怖的痛感，其中"一滴雨水落进眼里"一句给出了一份暖意，主人公顺势写下美好的祝福，祈愿一阵风带走人们的焦虑。第三节仍然是一种相互映衬的写法，"一个人死去，就会有另一个人降生"，在生与死的嬗递中为人生舞台上的人们发出感慨："活着真好"！

诗的第四节上承生命主题，并做最后的绾结。作者以理性的口吻告诉我们，夜很黑，并且漫无边际，人很渺小，但仍然是真实的存在，因为"人间每一个脚步都有回响"，而"那些被晨曦照亮的生命，将会执着地活着"，

透显出对生命正确的认识，不卑不亢，在直面死亡之后
倔强地活下去，并由这"活"本身找到了"生活"的意义。
诗的结尾有了一定的升华，从而将蚌沙转化成了珍珠，
在阴郁的生活中透出了一丝曙光。

　　如此，我们可以知道，诗歌并不是"药"，但它是
人性的实现，是将伦理的诉求置放在美的框架内的展示。
我觉得，这是一首值得耐心咀嚼的作品，作者很好地在
诗的形式中落实了自己对人生的一些思考。当然，如果
作者在写作中能对口语运用中带来的少许"口水"做进
一步的处理，并在整首诗的意蕴上做更深入的提炼，或
可使这首诗再上一个台阶。

黑牛坪小学支教笔记（组诗）

曾万，中南民族大学美术学院本科生

县城往黑牛坪

从县城红果出发，往竹海镇
再到黑牛坪小学，路越来越远
约有 120 公里，车轮缓缓压在路上
相同地，一圈一圈数着支教行程
盘山公路和孩子们作的曲线一样
弯弯绕绕，看多了头都会晕过去
车上，我数着路过的一座座青山
像看见一群远离故乡的农民工
为了更好的生活，不得已走出大山
在祖国的大地上用双脚画下一条条
脱贫致富的小道。想着那些出去的同乡
心里的酸就沸腾起来
多年以后，又会是只回到故乡的小鸟，
享受高原与绿色的空气
一只鸟能够明白，故乡的云深与树木高低
太阳走的时候，花儿总向着它，因为

太爱那些浮在车窗里的风景
要把眼睛睁大，多看看水做的故乡

一　路

看一个小学，像看自己的一段岁月
很多年匆匆走来，村子岔路口

小学没有长大，自己却长大了
想想，离开童年已有多年

现在接触，有些陌生，有些回味
更有海一样的感慨

我清楚，云朵的忧郁和留守儿童的孤独
一样，漫无边际

矮墙的一处角落，某时会听见操场传来
"同学们，上课时间到了，请迅速回到教室，准备上课"

仿佛自己还是个八岁的孩子
要与铃声一起守着校园，守着一本本
小书，以及一个个刚开始的医生、宇航员、科学家……

太阳倾向的地方

清晨，太阳把黑夜慢慢剖开
孩子们背着书包又准时来到门口
孙芳芳小朋友来得最早，我亲眼看着
阳光和她一起走进学校。在她口中
太阳是美丽的，与盛放的花朵一样美
见到太阳总是开心。阳光可以从平原照到
高原，从操场照到教室的书里
从大山深处照回大山深处，特别仔细
一起照着异地的爸爸妈妈和孩子们
太阳是公平的，对每一个孩子都是
公平的。每当阳光普照大地，小学的夏天
就变得如此真实，每一个孩子都是
一本深情的书，太阳是小学的教室
容纳喜悦，也容纳悲伤。太阳照过的
地方，就是我们的家乡

听课记录

一入教室就被一群童孩包围着，让我
感觉到自己是在充满爱和希望的土地里生长

手工课上。有时围成一桌，有时是整排
老师把逝去的日子，点点汇集，慢慢拾起

借着孩子们的小手，轻轻地
将天空的白云一朵一朵重新粘紧

民族文化课里，我们假设自己是汉族、苗族、彝族……
允许自己在祖国的每片风景中为爱的人许下祝福

很多时候，万老师把一旁的我也带进安全课程
时间回过头，白云已在天空绘出动人画卷

有一刻教室的铃声滑过耳朵，夏天就像
风一样安静，阳光和花朵同时温柔

小学辞

来的时候，学校的树叶还悄无声息
我走时，门口的槐树已长满知了
将夏天的尾巴断断续续地粘连
瞅着不远处的花朵，内心便装满了喜悦

不紧不慢的大巴车上

刚把收到的千纸鹤安顿好，又想起
一张张通红的脸和落在雨中的微笑
学生们知道，我还是从前那个少年
和他们一样，喜欢的东西很多很多
比如诗歌，比如小学，比如家乡

走的时候，内心无比平静
如同一个没有灵魂的小容器
过去的二十天都显得如此空荡
走出校园，小学就显得那么小
走过一段路程，小学又慢慢长大

专家点评

梁晓明，诗人。1994年获《人民文学》创刊45周年诗歌奖。2017年入选第三届华语春晚中国新诗"百年百位诗人"。2019年入选"名人堂·2018年度十大诗人"。2022年获得2021·北京文艺网诗人奖。2023年获得第14届闻一多诗歌奖。出版诗集《开篇》《印迹——梁晓明组诗与长诗》《用小号把冬天全身吹亮》《忆长安——诗译唐诗集》。

曾万的获奖作品是组诗《黑牛坪小学支教笔记》。正如他在其中一首诗《一路》中所写的：

看一个小学，像看自己的一段岁月

⋯⋯⋯⋯

小学没有长大，自己却长大了

想想，离开童年已有多年 。

他的这整组诗呈现了从大学走回童年，走回过去家乡的感怀与感激，以及由此产生新的希望并更深地领悟到自己责任的倾诉。整组诗记录了作者前往一个叫黑牛坪小学的所见所闻，把他自己的童年和生活过的家乡，与这次支教的经历有机地结合了起来，语气温和、自然，在娓娓道来中不时闪现出自己的感悟以及对未来的期望与对过去的纪念。在一种几乎是叙述性的笔法中，作者睁大了观察的眼睛，同时也打开了心灵的大门，他说：

> 车上，我数着路过的一座座青山
> 像看见一群远离故乡的农民工
> ……………
> 一只鸟能够明白，故乡的云深与树木高低
> 太阳走的时候，花儿总向着它……

你读着这些来自心灵深处点点滴滴的感悟，甚至会生发出一种不自觉的伤感。我们的国家和社会，就是这样在大踏步地向前走着，有走得快的人，紧跟着时代的步伐，但也有很多一时跟不上的人，就像作者说的：

> 仿佛自己还是个八岁的孩子
> 要与铃声一起守着校园

一个已经走出大山的学子，对于这样的家园和命运，自然比一般人有着更多的感受与沉思。他在这样的校园

里进行支教，某种意义上，就像是又一次回到自己的童年，我们可以想象他在这所小学的支教生活中一定会是全身心地投入与热爱。因为，他见过了外面的世界，他知道世界的形象与意义。这种信心与希望，也正如他自己写下的：

> 太阳是小学的教室
> 容纳喜悦，也容纳悲伤。太阳照过的
> 地方，就是我们的家乡

目光远大了，看得更远了，这本身就是一种最好的支教，令人欣慰与赞叹。

最后，我还想说的是，作者在这组诗中所展现的诗歌写作能力。从某种意义上来说，作者已经完全摒弃了幼稚的浅显与简单的抒情，张弛有道，夹叙夹议，娓娓道来，感悟与现实紧密相扣，诗歌语言朴素却又饱含深意与沉思，显出了一种极为成熟的写作姿态，很值得赞赏。故而，祝贺曾万获得第四届"求是杯"国际诗歌创作与翻译大赛创作类一等奖。

少女日记

陈航，海南医学院第一临床学院本科生

她栖息在柳树下，从身体里取出
灰暗和空旷，一些事物便明亮了起来
河流露出肩胛，月光逐渐上岸
她来此应约，而途经的瘦弱街道
待她并不温柔。她打扮好
刚出门，就把阳光落在了家中
这是她第一次去约会，便遇到雨天
小鹿染上潮湿，那心电图有了
不规整的畸形。她不能预知未来
就如公交车没有准时抵达站台
七零八落的树叶，倒在眼睛里
使她对某些美，重新下定义
她咬住雨要变大的前一秒
冲上出租车，一份欢愉涌起
美是短暂的满足感。车在行进
而风景缓慢更替，她被水雾消磨着
天桥的拥挤，吃下她可爱的耐心

她担心迟到，喜爱之物都会
远离她。雨停了，她下车
骑上共享单车，准时抵达了广场
餐厅昏黄的灯光，汇进她身体
她在那等了一两个小时，失落成群
他失约了。是的，生活时常否认你
公园里，广场舞沸腾，她在沉默
在考量自己。月光覆盖人间
总留些阴影消化命运里的落空
她在里头，缓慢站稳身子
这样的抒情，晚风难以再看见

女书（外二首）

毛克底，首都经济贸易大学财政税务学院本科生

二姐切开河，把无用的书信塞了进去
于是雅砻江上，一叶叶丧失归宿的帆
开始朝着深水区试探、漫溯
豚鱼在江面还原出被水浸渍的笔画
哦，它把书信往江边推。
推向堤岸，推向，江边饮水的马匹和鞍上的垛子
哦，马儿啊！你能否帮我
把这封潮湿的信，驮给群山尽头的祖父
让祖父，把二姐临水迁徙的姓氏
归还给家谱。还有，还有
她那十八岁被剪掉的及腰长发
头发离开女孩的身体，便命似苦弦
她短发，站在山岗。输送大片矢车菊绽开
她把写好的信带去江边，江岸
不乏神秘而隆起的弓鱼之术
她用捡起的石头打出回旋的水漂
翻小浪、起大浪，江水打湿裙角

她寄出的信件，浮沉的白色鳞片
被网拦下，被月光拦下，被堤坝捣碎
那一刻失去的，她将用毕生偿还

一条，五行缺水的河流

I

河流的水已经不算水了，唯一一条
让我联想不到水源的河流。就这样
不失礼仪地，倒映在了那个清澈的年代
我曾在河边饮马、打马桩、割草喂马
被我割过的草逃过秋天枯萎的程度
退回到马蹄上。低处的眼神
往往可以望到比云更高处的天空
天空是河流的倒影，也是生活的倒影
一条无水的河流，贯穿于生活
贯穿于那个感性的年代。这一切
多么像一个在襁褓中就断了奶的婴儿

II

有一年干旱，迫使人们解剖了河床
梯田被耕耘得整整齐齐，老天爷
却欠下了不少收成。越靠近河边
越会感觉口渴，听沙砾申辩波澜
荞麦秆被折断于故乡水土的稀缺性
一条河对村庄、对五谷，关上阀门
拒绝访问。麦叶的背面翻起干瘪的枇杷色
一些低洼处的滩涂围坐成一团，刺伤鱼骨
一尾无水的鱼洗不掉一条河流的烙印
我也洗不掉。不只是我，村庄、五谷
都洗不掉如此贫瘠的第一印象

III

一条河流汇入另一条河流
一条河流阻断另一条河流
其实就一条河流，翻来覆去
都是那一条缺水的河流。可有时
它像那个被加工厂围困的村庄
那个因为一条河，永远止不了渴的村庄
它的上空始终倒映着无水汽的生活
一条河的答案，就是天空的答案

别再把天空弄脏了。不然
你怎么面对河流的倒影，怎么面对
倒影里感性的自己和生活
"人类就只有天空这一道栅栏了"

小镇上空的直升机

螺旋桨在头顶上空盘旋了一上午
驱散云朵、村庄的潮湿。摩擦空气的声响
引起共振。也是小村的另一套说辞
听说，开发商最终圈定了一块地方
是开满波斯菊的南坡。而那儿
正是我小时候悬挂风筝的地方
现代人真会玩儿！风筝已经飞远了
取而代之的是满天婆娑的塑料袋
一次，上空飘来一个红色的热气球
招来村里人的围观。所有的人
偏说那只是一个巨大的塑料袋
我没有作声。后来才明白
村中的人，只是在用他们固有的认知
庇佑着自己的贫瘠与不安
而今，小镇头顶的直升机时不时出现
所有人神采奕奕，像换了一张脸

我认不出那一张张熟悉的面孔
原来，我也在用同样的方式，保护着
自己的贫瘠与不安

误入一个黄昏（六首）

王珊珊，澳门大学科技学院硕士生

与蜻蜓一起误入一个黄昏
荷花纷纷蹙眉、低头
白色的、粉色的，在一大片绿色里
接受归鸟的叨扰，甚至
相机按键一响，就把它们装进棺椁

留住还是偷走黄昏，我们还未参透
却已在荷塘边停下脚步
没有带走荷香，没有沾染淤泥
许多年后，在一勺热粥里咬到一颗莲子
我会想起，我们曾一同见证荷花长成莲蓬

或许，每个人都会误入一个黄昏
把自己当成老者，甚至旁观者，从而
理所当然地回忆、惋惜

引 路

从高楼层往下看，院子里
长在地面的路灯像大海深处的眼睛
天一黑，它们就醒了
无论晴雨，都善意地伪装成明亮的星星

距离大地最近的，愿意放低姿态
给蜗牛、蚂蚁引路——
这恰是它们一生中最艰难的一段路

无止境的黑暗里
再微弱的光，也值得铭记一生

云游记

只有离开家的时候
我才时常抬头看月、看云，望着远山发呆
澳门与云南隔了无数山水
没有一座澳门的山与云南的山相连
可我相信，至少
有一朵澳门的云曾经路过我的故乡
于是，这朵云游过的所有城市都变得更加亲切

我也相信，会有一朵云
把我的音讯带回乌蒙大地——
在需要阳光晒干青花椒的季节，以晴天的模式
告诉我那听力不好、不会用手机的祖母
我在外地过得不错，无须挂念

雨季，阳光会晒干台阶上的青苔
祖母穿着她亲手制作的布底鞋走过台阶，不会打滑

焯苦瓜

九月总有一些显眼的伤痕
早已结疤，适合扔进土壤，保持缄默
那些与伤痕相关的回忆
空洞，即将腐朽
终于被视作一种可有可无的摆设

不必去追溯最原始的缘由——
你曾费尽心思探寻的
像刚从青藤摘下的苦瓜，经开水焯烫
已丢失灵魂
已不再是苦瓜本身

凭背影相认

一转眼，麻雀就飞远了
八月也渐渐远去
涟漪勾勒好的愿景，被连绵细雨冲散
以温柔的姿态
雨中，戴口罩的人把伞撑矮

我们距离不近，凭背影或走路的姿势相认
走近后再凭声音确认
仿佛这是相隔多年的重逢，也是
我预想最多的与你有关的场景——
若干年后，我们在某座城市的某条街道相遇
认出对方也要依靠曾经熟识的背影
或说话的语气，或不经意间吐出的口头禅

又或者，到那时候
我们的背影、音色、口头禅已变
我们没认出彼此，背对着走向街道的两头

夕阳有了缺口

一路的枝丫已被修剪
大的，小的，胖的，瘦的
需要固定成相同的形状、姿态

一路上，没有吼叫
残叶没有感知到被抛弃，只是安静地
躺在水泥地面上
甚至看不出一丝痛苦

初秋的风唱着毫不关己的歌
在苦涩的咖啡里，晚霞在燃烧
在荒芜的池塘里，莲子还会长出翅膀

树叶与目光交接那一刻
夕阳有了缺口
落山之前，它终于有了缺口
圆满，只存在于不同眼眸之中

燕子石（外二首）

尹祺圣，广西大学资源环境与材料学院硕士生

燕子石

燕子石，这是方言
翻译到纸上的名称。我尽可能地，
去还原一句发音，还原一种
童年记忆的载体。说不上来了，
我是何时明白，这些漂亮的石头是某种
贝类化石。而在此之前，它对我
更具一份神秘的美感。模糊？清晰？
恰似石子上面的纹路，依稀可辨
远古生命的痕迹。鲜活，它们鲜活，
在很久之前。那是遥远的时代：蕨草丛生，
两栖动物穿越河流与滩涂；人类的命运
尚未可知，而你我皆是时光里的蛋壳。
这距离我们在石坎与马路上
寻找燕子石，还有好些年。这之间
发生了许多的事，如尘埃如烟火，
人们用以断代、纪元，用以记录祖先与

自己的历史。燕子石静静地躺在那里，
躺在一个又一个童年的深处。我们
重将它们挖出，当作"扔子"游戏的道具，
当作童年里一场认真的消遣。如今，
燕子石消失了，也许是深埋于水泥路面
之下。也许是深埋于我们的记忆
之中。总之，我的生命在随同某些事物
逝去，也随同某些事物永恒。正如大人们
曾经告诉我的话语：这些漂亮的石头，
会长大会生子。

院落午睡时分

此刻，风的质地透明，
阳光如一张极薄极薄的毯子，
覆盖在时间与万物之上。院落里
两株桃花盛放，梅子树发芽。
屋檐下面放着几张椅子，母亲和姐姐
正在那里午休。我在二楼的阳台上静坐，
观察午睡时的村庄，虚构一场梦。
在午梦中，母亲又回到一九九三年，
我们刚刚起了房子，小山丘上，
两层，贴着白色的瓷砖。那一年，

大姐七岁，在她的梦里，会不会出现
翠绿的芭蕉、淡蓝的天？那样的天
如电影，有一种动态的安静。
我在安静中听鸟鸣，回荡于枝丫间，
仿若某些记忆的声部。老梅子树
一瞬间，丢失了二十六圈年轮。
日光倾斜，树影开始斑驳，再过一会儿，
我的小外甥就要醒来，一同醒来的
还有我的梦，肥皂泡一样，飘浮的梦。
屋外，晾晒着衣物，被子的一角，
正在微微晃动……

游泳馆之夜

歌声四起，游泳馆之夜至此
结束。我仰头、呼吸，随后再次
沉入水中。伍佰的声音，隔着水面传来，一种些微而
粗粝的诗意，
正在被生活偶然地攫取。
我多想听完这首歌，再听完
下一首歌。如同在漫漫人海中，
躲避那些必须到来的告别。
他们在招手了，我短暂而轻快的朋友，

我使用你们教我的技巧，游向
你们的岸边。"出水吸气，入水呼气。"
这简单的道理，让格物致知显得
过于沉重。我们学习了一件又一件
独立的小事，并试图虚构一棵
挂满不同果实的大树，那么缤纷、
梦幻，犹如一整座热带雨林。
想象与现实，两者速度上的差距，
在泳池里向我展开。我折叠在其中，
折叠在一首迷离的歌里。最终，
我们自然而然地道别。留下那些
晃动的影子，在透明的泳池里长久地
凝固。让来路变回来路，归途变回归途。
我潜入记忆，收集那些流散的光阴，末了，
浮上纸面，打造一朵金色的蔷薇。

低于流水（组诗）

臧思佳，北京师范大学文学院硕士生

低于流水

低于流水，低于涟漪，低于埃尘
低于慈母的唠叨、白发和泪滴
低于炊烟、乡音和寒衣

炊烟升起，白发翻飞，长歌当哭
一尾鱼，深陷于烟波浩渺的乡愁
尾随着高低不平的乡愁，频频回眸——

桂花落

这暗香盈袖的美，在半阕古词里
照看着瘦了又瘦的江山，和修辞

明月闲淡，清风来去
红尘喧嚣，而隐者无多
对于美，她始终有自己的坚持

这人间最后的精灵。落，或者不落
都深怀着忧伤，为诗歌掌灯

春山空

风如果再吹，山就空了

此刻，我在曲径中漫步，作为隐者
渴了汲桂花上的露珠为饮，饿了
以野果和松子充饥……

时光纷溅，万物静谧如谜
一朵迟开的花，在春风中
形单影只、形销骨立
再次在红尘中与我，互为支撑

桂花辞

微风起，每一朵花
都是啁啾的母语，乡愁的陷阱

此刻，我从树下打马而过
灵魂愈来愈轻，诗歌中

"却越来越多的痛苦
越来越少的悲悯……"

一匹马，最终在桂花丛中
马失前蹄，我担心这么多年的跋涉
并不比一朵花更懂得美，和坚持

摘一朵云送给你

为了给你挑选一朵最美的云
我摘光了整片天空
包括那些跛脚的鸟鸣，折弯的日光，和
飘忽不定的爱情

我漂洗，晾晒
把每一块云悬挂在往事上风干
风吹着云
风吹着我
云不敢比风先吹出皱纹
我不敢先于天空流泪

一群鱼在缝补流水

每一个针脚都织得紧密仿佛一场比赛
哪个绣娘织品出众就能立后封妃
而水似乎并不在意
水花撩起几下眼皮又合上
这样的努力在水心里不值一提
再细的鳞也缝不紧水，想流走的心

春天，一触即发

闪电渗漏了身体里的光
被紧紧捆扎
背在冰河身后
你一伸手
连成季节的引线
轰的一声
千支春风万箭齐发

那个荆条背来的清晨　你用自己灌溉满树雷声
而我刚好结出两腮桃红

修改过程（三首）

付炜，四川电影电视学院电视学院本科生

犹在镜中

安静的椅子，被许多人遗忘
在一个雨天里，陌生人与模糊的树
站立在湿漉漉的广场，我尽可能
仰视他们，这些失败者把痛苦抚平
然后，寂寞的黄昏来临
草刚刚生长出来，多冷的季节
有人哭着走过凋败的公园
像是从时间的涡旋里逃脱

许多的夜晚，我就这样抛开肉体
去注视永恒中灰色的斑点
反复思索，那到底预示着什么
在黑夜离去的时刻，我退归生活
那被锡箔包裹的孤独
仿佛永远寓居在那儿，我推开窗
看见雾中，那如此相似的一幕
隐约中露出了不朽的轮廓

不寐者

一个人坐进深夜，这暮春的雨
使我安静，事物正睡在时间的褶里
像一个谜，而我爱过它们的谜底
如今它们显得陌生又突兀
我在灯下，等待那永恒的疲倦
与瞬间的忐忑，我在写失败的诗

主题是：如何描摹夜晚的精神状况
阳台上的衣物，手边的书
我是个以观察细节为荣的人
风从领口吹到袖口，我翻到第二十八页
莫名的眩晕在城市上空
预备袭击下一个不寐的空

修改过程

词语要如何才能成为一首诗
在黄昏之后，一棵树疲惫的阴影
造就了我们的沉默，四月将尽
你逃离幽暗之火，拾起一枝黄玫瑰
和所有坠落的时刻，你对着镜子

悠悠述说一句古老箴言

夜晚通向诗歌，通向所有陌生的角落
有些事物不再醒来，房间，此刻
你是如何迟缓，如何想起寂静的墙垣
你用孱弱的嘴唇，谈论燃烧的画框
仿佛掀开灰烬之书的扉页

最初的失眠让人感到惊异
在时间深深的渴意中，内部的雨
迅疾而惶恐，那些迷失了的
依然在迷失的过程中
你将对夜晚产生永恒的否定
直至最后一句诗的诞生

瘦金体（外二首）

高微，广东技术师范大学外国语学院硕士生

瘦金体

前朝的凌烟阁，不够量舞女的腰
竹有骨，兰香那么挺括
终究太虚，只是描出来的凉薄。断肠人
不在天涯，卧游翰林，五国
墨与泪，都能淹死人——区别在于是醉
还是溺。瘦金体是把好刀，裁宣纸，也裁江山

千里江山图

千里青绿，可游，可居，只是不耐
推敲。纸上的江山太薄，暮色太重，一条长江
怎么也扎不紧。靖康，是瘦金体镂给自己的残碑
无字，无色，亦无老死尽
木鱼原是乐器，生来忘言，隔岸也不观火
墨攻已老，当归

书　生

任江南烟雨腰缠，枯瘦如生宣
半支湖笔，养不活朝堂的草木心
龙泉归隐于大唐，十二道金牌，也叫不回
我是个失魂落魄的人啊
只适合豢养月光，饮逆风，说梅花
提一壶绝句，谒见黄昏
看雪花如何白，我就如何白

把文学切碎

李晨龙，华中师范大学外国语学院本科生

我知道你走了——
不然也不会落雪，
我陪着你，寒冬里的夜行人，
站在悬崖之上，追随极光，大雪纷飞，
那是阿尔卑斯山吗？
还是我陷入了迷茫，
不知道该去往何方？

你听啊——卡尔维诺还在原地，
沉思着连贯的命题；
或许博尔赫斯的考古又失败了，
哪还会有小径交叉的花园呢？
你看啊！那可怜的但丁又在佛罗伦萨的角落里，哭泣着
"贝亚特丽采，你还在天堂吗？"
可是谁又知道薄伽丘谈了十天十夜，
还不及浮士德的狂想：

我劝你一句：布鲁姆，
你也不用再纠结是古典还是经典，
乔伊斯，他是不会同意的，
深爱着都柏林的王尔德，你知道吗？
夜莺已经啼血，玫瑰已然凋零，
卡吕普索，你千万不要挽留他啊，
奥德修斯的旅途从出生起便命中注定，
在海畔边的哭泣，
在木马里的阴谋，
在伊塔刻的思念，
问了忒瑞希阿斯又怎样？终要去冥府逛一逛，
可谁又知道布卢姆逛了一天，一无所获

我想问问莎士比亚，
你究竟有没有妹妹？你到底存不存在！
你为什么要那样对待你的妻子，
你可不是叶芝啊？！
你知道有多少人会在你老了之后，
围坐在篝火旁，读诗，听你诉说往后余生，
要知道死亡诗社也不过是一曲神话，
当安魂曲起，终于那一刻，堂吉诃德
大笑着，狂舞着，斩了风车怪，拉着桑丘，
咆哮着，怒吼着："丢了魂的骑士啊？你怎么了？"

盖茨比最后也只有尼克才理解了他

或许有珀金斯，可惜海明威，打得过大马林鱼，却敌
不过桑地亚哥，
时间的巨流还在一直走，沃尔夫想要问问辛波斯卡，
"未来""寂静""无"，你究竟选择哪一个呢？
或许是未来吧？可是如果还魂一次呢？
可是如果你是荷尔德林呢？
这不是几个康德，就能解决的

马尔克斯的孤独谁又能理解呢？回答这个问题，其实
很简单，
请你告诉我：谁是奥雷里亚诺？
是祖父，是父亲，是儿子，还是孙子，
或许在太古的时间里，他叫卡俄斯。
"如果在寒冬，一个旅人，
从陡壁悬崖上探出身躯，望着黑沉沉的下面……"

在疯人院的世界里，默温遇见了庞德，开始他的思索：
伊卡洛斯不知道自己是撒旦还是米诺陶，
就像塞壬不知道自己是鱼还是鸟，
荷马啊，阿喀琉斯不可怜，他只是面对赫克托耳时，
流尽了心酸的眼泪，

莫非阿伽门农就不可悲吗？可你是至高无上的先知啊！
看不见一切，却看得懂一切，
编一场克苏鲁的梦魇，吓醒后人

俄狄浦斯很不服气，弗洛伊德，哪里的恋母恋父情结，
不过是喧哗与骚动，
失去了理智与情感，
剩下了傲慢与偏见，
唉，长叹一声，你不过是个非死非生的莫尔索，
赶着加缪去推西西弗斯的巨石

我站在那里望着、望着，
雪啊，我就是那个风雪夜里，踉踉跄跄的不归人，
带走这一切，带走这环形的废墟，
或许我还能看到远山淡影，极光幻灭，
小小的人啊，你能否承受生命的轻盈，
可生命不就是轻逸的原子吗？
何年都是如此，不论 1984 还是 1Q84
你要铭记克里斯朵夫，
你要知道群星闪耀时，
我又一次分清了梅达尔多的两个身体，
下雪了，云雀叫累了，你也走了，我也不在了。
这一切的答案啊，你是否还在风中飘扬？

村 庄

李雅茹，西南科技大学外国语学院本科生

我居住在一个村庄里
在我还是孩子的时候
大家都互相熟识
曾以为世界就这般大小

我居住在一个村庄里
曾以最为自然的方式生长
树林里荡着秋千
河边上挖螃蟹洞
今天去妹妹她家吃饭
晚上和她躺在草垫上看星空

可是某一天，桥头那棵大柳树不见了
他是侍卫，年年月月，守护村庄
而他，不在了
后来
二舅家那堵给蜜蜂筑巢的土墙成了水泥墙

给我们夏天乘凉的两片竹林，不见了
村里的小孩子成了少年人，个个意气风发
我们去到城市，去到更大更远的地方

我居住在一个村庄里，十几年过去了
村里唯一的小卖部成了一家农家乐
大家都把原来的瓦房拆除
修成小栋的楼房别墅
爷爷的农田成了湿地公园的一部分
游客、汽车、小贩
儿时玩游戏的杨树林，我们还能忆起吗？
我们与城市相连通了
可我们好像，有太多人走散了

我居住在一个村庄里
空心的大柳树峻然仁立着
一到夏天
小孩子会用他的枝条做成头圈
蜜蜂们嗡嗡地
在他伞一样的枝叶里嬉戏
在丰收的季节
待收割机走后
我们光脚在田地里

寻找落下的稻穗
有时遇到邻家白发的老者
一踱一踱地在田野上、在阳光里寻觅
新绿，蛙声，被霜打过的青菜，夕阳
和我热爱的这片土地！

相　信

李娅希，中央民族大学外国语学院本科生

去写诗　关于

等待　苍老　和白茫茫的每一个季节

去写永恒

用这首诗本身

用我的身体

和她所分泌的一切

去写关于方向的故事

向南或是向北

我想

如果星空是一幅给夜行人的地图

那我一定要在天亮之前

弄明白　你到底睡在哪一颗的下面

去行走　在看不到尽头的荒原

指针一根一根掉落

我走进失序的时间

去祈祷　在星星被流云遮挡的时刻

像个朝圣者一样
叩响一扇　或是两扇门
燃起柴火　披上经文
枕着火光入睡
去倾听　在黑夜夺去了我的眼泪以后
听我的呼吸砸在马背上
听马的呼吸坠落山谷
听你从遥远的南方发来的电报
还有我所有那些尚未成形的梦境

去永远相信
昼夜更替的时刻相信马儿的眼睛
相信宇宙的表盘
相信来自夜晚的那团灰烬
相信　你头顶的恒星
会从你我重聚的那一刻开始
指引你　一路向北
收割我的脚印

空蝉（组诗）

王永苓，集美大学文学院本科生

虚　构

虚构一件破旧的毛衣
用孤悬于夜的发光纽扣
去缝补。星星引线穿越而过
此刻，我们将拥有这个深情的秋夜
并且深爱
每一个影子凋落时回旋的美
万物在你我的身体里泛起细痕
细小到足以让我们
在风中开花
你说，夜晚时诗情会变得清亮
不需要任何语言
夜晚会在万物的鼾声中
自己分行

玫瑰花，红烧肉或者火车

我无法描述，一朵玫瑰

用露水折射出什么样的梦
也无法，用养着城市天空的露水
去倒映心中的蔚蓝
风中被掳走的，除了花香
还应该加点什么：邻家烧肉的味道
我想，我又可以
站回十几年前的窗台

一切刚刚好，不早，不晚
远处
一列火车在长江的左手边
另一列在右手边
正从最深的光景里，重逢

空　蝉

雪人会沿着童年走回窗前，背负
一整夜的雪，堆积故乡的冬
蝉不会，它不会寻找蜕下的壳
直至余音如丝
从一棵鲜美多汁的树干上，掉落
也无法将自己裹回去
但我们会替它捡起这个裂开的故乡
拯救生命中突如其来的，疟疾

只有人，始终
知道如何沿着时间绳索
找回自己的故乡。并且
毫不犹豫地，从地上捡起
为自己疗伤

黄昏即景

黄昏时下起一场不合时宜的雨
簸箕里的红辣椒还没收，窗外的白裙
紧贴雨水
但一切又被安排得如此妥当
总有两三个冒雨的行人，相遇屋檐下
避雨。因此孤寂的生命又被
拉拢了一点
总有几个小孩在水坑里蹦跳
掀起了，秋日的舞裙
更重要的是
总有在雨中漫步，或者奔跑的人
在自己的雨水中
不经意回头看了你一眼

重庆森林

也许很久以后你拿起旧寻呼机
用等一个人回家那么久的时间，拨响
森林里落下的斑驳。楼层
把嘉陵江压得很低很低
也许我们会把江水穿在身上，肩负起
碎在石滩上的 2009，和更低的 2019
每个瞬息的泡沫都太小了
不足以放上我们的表情
也许流云依然在流浪，并且与我们一起
懂事地向后老去
也许这里流逝过无数月亮
而我停下寻呼，捞起一个，只顾打磨

雨水作歌而来

一场大雨，淋湿夜晚
我躲在一个小小的路灯下
小到正好可以遮完，整个身子
也正好，可以望见对面那个
小小的路灯
我们之间，涌上一条太过急促的河流

雨水落在上面
音符也落在上面。我无法请出一个人
怀抱人间戏服，从对面
涉水而来。只是安静地站在这里
谛听流水身体里的回旋，也
示意对面那个更小的自己
不要慌张

每个黄昏都有相同的路口

许淳彦，四川大学文学与新闻学院本科生

1

下一站。晚安。灯火里的人间
河水映出我的影子
星辰像是草原上的帐篷
点亮了马群。乡音。生活

下一站。诗歌。在纸上奔腾的年代
大多时候，我并不知道
自己是否能够像一只鸟那样
飞过命运的山河
但我需要这虚无的一瞬间
证明无限的狂野与我之间仅仅
是闭上眼睛

2

火车在时间的铁轨上

轰鸣的时候
我降到最低处
像水草，在倾诉自己的生命

月亮的圆缺精确到
某只甲虫背部奇特的花纹上
翅膀。风。闪烁的语言
那些被打磨的纹理和悲伤
像钟表的指针，转动桌面的木船

3

被某种波纹
从思考的雨里摇晃着醒来的人
和我面对面站着
我们互为面具，把巨大的惶恐藏在
身体里。密码是野草和钟摆

生死互为因果
我的生日，对未来的假设
像纸飞机落在尘土上。苍耳子
悄悄地生根发芽
当河水朝灵魂一次次涌来的时候

光明和泥土就逐渐趋向
呼应生活的，简单的石头，或者雨

4

我站在台阶上，看着一辆汽车
不停地左转
好像只要一直向左
就能回到最初的坐标

深谷为陵，万物生长
我是其中一部分
我身后的景物也是其中一部分
更辽阔的词语
是蒲公英漂洋过海
细小的花伞，在《沉思录》里沉浮

5

死亡是另一部分
我和我的影子谈到铁轨
谈到房间里的灯光和
证据链。摆放在书架上的卡片

按照特有的顺序把我和这个世界
分割成熟悉与陌生
距离感明确的若干等分

折叠整齐的信纸
在潮汐的声音里越来越剧烈
表达它曾经历的形成
回忆的生活细节和器皿
雨水落在里面
缓慢地堆积成平静的水面
我看着这个过程的时候
仿佛有个声音在不断放大，在循环
但它从没有对自己，表达太多
期待的情绪

我们将徒步穿越黑色的喻体（组诗）

曾庆，广西民族大学政管学院本科生

冷冽的转折

他用手指旋出木层里的铁钉，
摆在台架上，弯曲的一边
断裂的放另一边，顽固的部分
被他用羊角锤抽离，间或拍打
木层，每震动一次
疏离的力量就越深。
通过地板，他能接收来自拆除的信号
我们注视着他，他失误过两次。
其中一次是因为自负，
他是个成熟的技工，知道如何规避危险
但不能规避约定的技术，和意外的局限。
当他把整块木板取下，抽走了这面墙
空旷增加。对于此刻观察的真实。
我们没撒谎。他将钉子放入工具包，
上天会原谅一个吃西瓜子的人。

超时写作

明亮的夜晚，路灯张开地面的裂缝
摩托车，三轮，几个交换抽烟的年轻人
肩并着肩，手挽着手
他们一起落魄，欢呼夜色的寂静
只为他们的自由保持缄默。
掌握世界的语言已经懒得再说些什么。
它也并不理会我们，总是希望表达
私密，情绪，关于弱小的鱼群
去到大海，最终被蔚蓝呛死的故事。
我们不停地写，证明思考的存在
反复地构造棱角，如壁虎断尾
写实或风格。并没有意义。
就像老鹰食药，在围猎中患偏头痛
飞行紊乱兼杂低空综合征。
而风没有咒语指导，将失去深刻的踪迹。

在复合圆桌上

阳光有闯入的渠道，但身形已被削弱
斜靠着双层窗玻璃，桌上的无线耳机
水杯，蓝色口罩，它们都陷于一种固定却又看似无序的方位。

它们不会脱离现实。旁边的书架也不会
自行阅览体内的书籍。那些密密麻麻
偶尔甜腻，大多数时候盐咸的封面
《资本论》《中国文学史》，
以及一本小资的日本文学，
时刻令我担心独立的表达，对于世界的
准确界定，现在杯子里的水模糊
有人已经提到汹涌的江川，冲破束缚
耳机播放某段前奏，他们怀疑是
特殊的暗号。但这不是诗歌的来路。
弯曲，疑虑，失眠，醉酒
短暂的清醒，识字，敏感的爱
这些是塑造情绪的动机，
写诗存在于呈现与隐秘之间的。猜测。

服药记录

定时服那些黑色药丸。像一个设置完好的指令，
提醒病人，他正生病
需要静养，忌口，勿说低处的恶语
相向的攻击折磨着他的思维，
是否应多服几粒，或是选择性忘却。
当疾病发作，

很快疼痛就治好了他的粗略症，
往后一月，他又回到年轻时的记忆力
每次八粒，每日三次
以温水灌服。这是医生的医嘱，
他没再改动，用浅显的想象力
纠正数字的排列。阳光变得懒散
身体每况愈下，这不是服药的结论
饮酒再次毁了他的恣意。连带着粗略症，
两种劣质惯性被消除。
他翻赤裸的上衣，为自己准备一具新的肉体。

猎　杀

午后，我们收拾好器具
山间的光斑随着落叶变换栖身之所，
逼退热处的蛇影，石缝里出没的蜥蜴
还保持警觉，它们探出头来
见我们调试枪口的精准度，
故意走火，击中竹竿和积水
便疲于奔命，或是彻底蜷缩在洞穴。
我们抬起枪，半只眼闭上
扳机一直在颤抖，头顶的一只灰鸟
突然落到我们的枪杆上，冲着我们大小便失禁拍打翅膀，将野鸡吓跑。
我们开枪打死了那只灰鸟，
在冷静的树林中，它摊开爪子
放弃了对自由的命名

年轻的人想以此为生

程莉斐，浙江大学外国语学院本科生

我想以创造为生，就像
宝黛写出了曹雪芹，
风筝放牧着春天。

我想以毁灭为生，毁掉
一些庸常的日子，
毁掉人们向死劳碌的每个晨昏。

我想用橡皮一字一句擦掉自己，
直到没有些些杂质。
我想听海浪边后退边前进，
再收拾好被浪花打湿的。
我想以此为生。

成群的灯光照进灯光，
我的床前没有月亮，
东边是钱塘江，

北面是廉租房，
再往北就是春节
和妈妈打来的电话，
接着往前走也许是宇宙，
宇宙外面是宇宙的家。

织锦的鱼群被围于街角，
珊瑚抱紧石礁，
我附着在生活上。
要交水电费，
要收起浅薄的泪水，
要附和热闹，
要穿不合脚的鞋，
要寻找疑惑而非答案，
要对他默默地喜欢。
默默喜欢。

我想爱，
并以此为生，
不只是爱情。
爱一切普通人，
即所有人，
所有的星辰。

虽然它们不值一提，它们比比皆是，
落到地上会碎，
还装作陶然未醉，
但它们以此为生，
而我也以此为生。

用罄生命弄湿的一块稿纸，
也许只是一封不寄的信。
被尼采哭过抱过的那匹马，
不知所终，
也许还在被鞭笞，
也许已回家取暖，
也许想要爱，被爱。

也许是为了
致电，花朵与银河，
我们孤独、写诗、唱歌，
我们生病、分娩、相爱，
我们，
以此为生。

回转时间兔

杜明静，华东师范大学人文学院硕士生

房东拎来一篮新鲜的塑料鸡蛋
春雪般摇晃着落在门口
她看到几个天敌的身形蜷缩在一块儿
便从外婆的小腹上蹦下去
模仿起他们发抖的快乐

一直以来她猜测，门外许是有条小河
半个世纪涨一次水
退潮时分，外婆会来合上门
把鸡蛋放入水中
她听到，那些幸存者
躁动的声音逐渐浮于水面
他们说过的话语
也静谧地渡到下一家
为春日出远门
她使劲让自己变得松软
虚化、透明度调高
直到门缝呼吸绵长

像个亲人一样无法将她认出
不一会儿，外婆便在新年之夜
醒来，想出去走走
房东仍等候在门外，双手环着
他的鸡蛋们稳稳睡去
烟火如水草飘摇。当年
她所遗忘的邻居们
都在河滩上恋爱
共同组成这颗星球的背面
外婆轻手轻脚地带上门
沿着河堤挪向某种永恒的开端
时而夜航船来
邀约她鼓风机似的裙袄
时而有一团白白胖胖的绒光
不知从哪里蹦出，迈开四只小短腿
滑过她的毛线帽。就像她年轻时候
追着天使的马达声，不知不觉就跑了很远

日常现实

段晓曼，北京外国语大学俄语学院博士生

指尖失去触感
是在旧伤之后很久
不被需要的时候
它很适合做装饰品

每晚一轮伸展动作
躯干僵硬　或许是
我与它分离太长
血的流动早不似童年

每天药水苦出肠胃
得了坏病，老人丢下活计
学会与乡里寒暄，在轮椅上
若干年后头回多出一斤重量

七斤重量。一个新生儿诞生。
在田野或是二十二楼

如果灵魂得到治愈
身体是最后的参照。

太阳下面影子卸掉一地包袱
长裙飘起来，像白色的彩色的
蝴蝶。它们照旧工作，笑着，
洞中都有孩子或父母。

喧嚣仿佛从来与我无关

郭云玉，华南农业大学林学与风景园林学院硕士生

已是南方浅秋。晨曦落在窗外，茶水已经备好
偶尔在记事本上写下一些
灵光乍现的古歌，成年人才有的落寞与疤痕
竟成了我笔下的羞涩
我接纳这里一切的事物——
就像燕子停在窗台，窗棂接纳了它的羽毛
和抖落一身的尘埃

我爱一切未知的事物，但更爱
生活中那些熟稔的部分
我用什么能让渐渐枯黄的场景，重回萌绿
使即将到来的凋零，有别于感伤
然后，学着大人的模样
练习沉默与疼痛

说起北方，村庄就躲进黑夜
我们靠在墙上，石榴里全是烧红的铁

寻常巷陌仍有相逢的喜悦
当人拥有想象力的时候，仿佛真的可以
重新开始。我们想象着远方
老人背靠夕阳，牵着一个清瘦的端午
任由身影，慢慢拉长

写给一片流浪之地

郎思达，澳门大学葡文系博士生

1

城市很小
我显得很大
在一张特别逗留的纸上
我不停地叩着一扇门
寻找词语诠释你

城市越走
越大
我显得很小
我还没有找到一张床
能让诗句安躺

2

三年里，多少个夜晚
共枕而眠

你与霓虹灯
与娱乐场里缺失的钟表
与从未见过你夜妆的半日游客
与没有人的家
与没有家的人
甚至，有时候也与我
与你自己

3

一尊尊墓碑
被整齐地码放在矮山上
俯视着北安进进出出的
异乡人，他们背后是
威尼斯、巴黎、银河
一个未完的牌局
有人在造陆残留的海水里
垂钓
有人在海水围出的荒岛上
求生

自 由

李章超，浙江传媒学院文学院本科生

将你委身笼中
贴上标签局外人
再贴上不正常
再贴上精神病
直至温顺的绵羊从你体内爬出

可绵羊还是会充满好奇
对卷曲的毛发对洁白的身体对春天对星空对另一只绵羊
机器绵羊会梦见仿生草原吗？
当夏日炎炎卷曲的毛发是否
能认识到四季轮回与真理

圣者用形容词安抚心灵
艺术家用画笔还原剖开的躯体
可绵羊学习的高尚教义
是对它肉体的背弃

我种了些草，养了点花
心灵厌倦，身体破碎
有一株芦荟摆脱我的侍弄
疯狂生长，拒绝我的对话

用感官分辨、超越、弥留
眼睛忽视气球内壁的宇宙
永远活在五感的幻境中
对于一个我
一个外表 21 岁的人类女性
我触碰芦荟的刺
汁液和枯萎告诉我
在珍贵的春天的气息里我们孕育彼此的梦

渔 人

林霁煊，同济大学生命科学与技术学院本科生

傍晚你卸下最后一枚螺钉，海跌落下来
吞没渔船。贻贝小巧的壳挂满蓝帆
露出肚皮的鱼已被拾走，海滩上嗫喏着脚步声
那声音洁白，你看见
纯真的玉足。趾尖陷入沙的余温
每晚，你都听见这足音浸湿沙砾

收网。用力拉扯绳索上的残阳
那一端赤色暗沉，几乎不发生移动
绳索在你手中变热，也摩热你的旧茧
你身后，一楼楼灯堆叠而起
美兰这地方离海不远，村子离海也很近
有什么东西蛰伏在渐暗的海边，但他们已遗忘
是的，这东西只属于你

深绿的水草在岸上过夜。你步履蹒跚盖过微弱的回响
月色苍白，收拾你诡谲之影

日历（组诗）

马健，辽宁师范大学文学院硕士生

在墙壁上，时间施洗过周身
余下二十四个节气
反复经阅着一年的烟火味
被打乱的红历：没有了前眉
靠着语词，填满了时日
我从未关注过这些琐事
哪怕是早已习惯飘浮的残云
也会随日历穿过雨和雪
完成一次不易的沉渡
时间向下
我所钟爱的风信子
也在深夜成了墙壁上的剪影
有些人，已然默认了半生宿命
清点着发薄的日历
悄无声息地滑向不知名的日子

山村野火录

六点零一分的山村，沉睡已久
只有清风收着气一闪而过
逃离旧城的高墙后
不少人执意要揭开新绳结
让老去的事物
得以被山风扔向过去
云起时，一朵火苗在林间复活
燃烧出十尺火浪，告慰着
一个个死去的山神
野火：属于山村的唯一凭借
此前，几百年的山乡
也不过是年复一年汗水的累积
因为野火
所有人都学会了巧妙地走出山村
从容地面向山野以外的世界

后悔之事

晚春的日子，梨花早已落满了庭院
雪一般轻盈、洁白
这曾是她最爱的小花

无数暮色中
我和她踩着春泥在院中放牧晚景
静坐时，她的目光会走得很远
绕过湿滑的山川
抵达梦中才有的平原
我终没能与她前往山的背面
这是令我唯一后悔的事
此后我只能在山岗为她清扫积尘
靠着每日的山风
陪她看云走、日落
我想，她会安稳地步入宵时
慢条斯理地开始下一生

重　复

常常，父亲会行往无人的山林
捕捉山野的变动
累了，找一处石背
抽支烟，散去筋骨的积劳
有雨的日子
他总要多一次入山
防备雨水顺势而下
带走所有投出的光景

不管有雨，有风或是
土地因干旱而撕裂
父亲一贯会抽支烟，继续看山
听听自然的低语
母亲说
这个习惯
他重复了半百还多

餐桌的一天

史镜钰，上海政法学院语言文化学院本科生

餐桌安静地看着世界醒来
新一轮的争霸战争拉开序幕
这边担心焦虑，那边势在必得

早上开始第一场
年迈的面包拖着软塌塌的身体
寻找着花生酱
那是他一生爱着的女人
即使在生命最后一刻
他也要将她紧紧地裹在怀里
当几把洁白的大短刀刺入身体时
他再一次感受到花生酱身上的醇香
然而却不知
一直默默爱着他的牛奶
此刻也不再顾及高贵和优雅
义无反顾地随他跳下那无尽的悬崖

原谅上一场的匆匆结束

欲望的饥饿终究吃光了时间的储粮

无情的水果刀一点一点地削着苹果的皮

疯狂地套取着情报

穿着厚厚铠甲的榴莲将军痛恨他的铁石心肠

身上戴满了刺刀，喷上令人精神抖擞的香水

已不顾是你死还是我亡

香蕉愤怒地脱下战袍

任长刀碎尸万段，任弓箭刺入胸膛

躲在角落里的火龙果却紧紧地穿着华丽的衣裳

不愿露出数不清的惆怅

啤酒痛饮着炙热的阳光

内心的火热急迫地渴望在战争中释放

他却不知自己早已被看似纯洁的玻璃杯下了药

绝望地口吐白沫

刚睡醒的面条还在泡温泉，说是在闭关修炼

奸诈的叉子趁机从天而降刺他一剑

面条也变出无数只手，与叉子拼命扭缠

被打得浑身散了架的黄瓜，被砍得口吐鲜血的番茄

正在用各种颜色各种味道的粉末和药水疗伤

月亮在夜晚打开了灯，沐浴着繁星

繁星一边浪迹四海，一边在空中修筑篱笆
却忽地被雷电砸出一道裂痕
煎蛋小姐害怕地盖上葱花饼被子
躲在餐盘床上睡觉
可怜的香肠将桥搭到对面
对面是爱慕着煎蛋小姐的白粥先生
白粥先生在窗边痴痴地望着
可是
没有结束的战争还是来了
两个身板瘦弱笔直的士兵拎起煎蛋
连同被子裹在一起，毫不犹豫地扔进了黑洞
白粥先生慌忙躲藏
却因汤圆室友圆滚滚的身材暴露了
在两排钢琴白键弹奏的迷魂曲下
汤圆吐出了所有人的神秘

餐桌打了个哈欠
看了一天的电影，该去睡觉了

盛 开

徐浩，香港大学 CBS 硕士生

宝安机场是深圳的乳房
用离别和相逢哺育贫瘠的生活
航站楼灯光撕开午夜的天空
走失的躯壳在地铁血管里梦游

鸟儿和树林疲倦地闭上眼睛
深圳还在喧哗里蒸发着沸腾
这个南方城市的庞大夜晚唱起歌
用丰腴无边的怀抱晃动你入睡

可这带刺的摇篮曲，亲切又陌生
这怀抱，也终究不是妈妈的怀抱
除去对家人的思念与牵挂
生命里从未有过从一而终
于是，我时常假装要离开
在稀薄的睡眠里无数次梦见童年
或是，把一个刚认识的人的臂膀当作故乡

我想，我们都是迷路的人
幸好热爱生活和未来，胜过照水自怜
所以一路零落，一路坚持
用时间的直尺，丈量脚下滚烫的土地
像一朵随时可能被踩踏的小花
在深圳的毛孔里，挣扎着盛开

脏 手

闫莹，云南财经大学会计学院本科生

闷得像蒸笼傍晚阴转晴没有一滴雨红霞漫天
人如苍蝇般成群涌动
他们在围观
街角的垃圾桶里死了一条狗

马路边有间简易房
缺失镜子和窗户
养狗的女人住在里面
她偶尔抽烟
抽一口
先吐痰后咳嗽午夜过后
她会上街捡烟头
三百个烟头换一袋抽纸

虚幻和梦一齐凝固
比惨败的现实更令人难受
她只有一只手

另一只留在了破旧的工厂
没有林中路
心中唯一的林中空地就是那条狗

女人找不到别的念头
坚定的意志用在生活
苦难全留给思索
建好的大楼霎时倒塌烟花也瞬间寂灭
脏手仍握着月光
仿佛她才是富有创造力的月亮

女人的丈夫是个煤矿工
光和念头是没有的
好在风浩浩荡荡
尘肺病也没有那么严重
如此相同
他的手，她的手

许久未下过大雨
草木的精神全被太阳偷走
关于少时选的所谓歧路
女人一向从容
只因有了这条狗

她放弃了所有的困惑和惦念
信任而后失去
那只原本擅长画画的脏手

饿极的狗
吞下了垃圾桶里的烟头
霞光四散
又是亮起万家灯火
欢笑，吵闹，歌唱，舞蹈
午夜后，凉风过
大雨瓢泼
女人做着美好的梦
固执的脏手
再没在梦中出现过

狗死后，世界新生
现实的火种点燃宇宙
尊严的安宁便不远了

黑　白

袁宇，上海大学民族预科班本科生

我在钟情一段车程
以手指的弧度相比，好像我们
曾在那里有过接触。清瘦的
体验之上，未必我们经历过
就一直能经历下去。夜的黑路
恰空的琴音拉扯，掉转方向
道路如泥土松软，流经耳畔
有笑语的持续，眼睛是
一粒一粒独自悠长而迷人的
有几次，从记忆底部抽出号码
零钱细碎，呈碧绿的晶莹。——她转弯了
动摇的心理就地神游，迷茫的嗓音
掉落舌尖，十分钟有的，后悔有的
化为一回配合的默契，用干净运气（平常的）
在黑暗的街边，烟柱漫开，光线清澈
自某个瞬间开始，一直存在左侧的
一道忧扰的身影，斜靠一面

本不存在的硬镜，灰白袖口上溯一抹黑色
耳边灵活的垂坠，新月新得古早
人的钟情又这样，总这样
天亮好，我们再见，又再见。

我像是一颗从中间开始病变的苹果

袁源，四川师范大学文学院本科生

我像是一颗苹果，红润饱满
从中间开始溃烂
不知道什么时候住进我身体里的小虫
开始一心一意往外钻

被嘴馋的孩子捧起，咬掉一口
不用说，我也知道自己很甜
只是他再咬一口，就会发现我的小虫
就会哭着将我丢弃，然后跑开
如果不是被塑料包裹
是在上弦月刨开的土坑里
从我病变的中心，我的小虫
应该会长出一颗新的苹果

窠 窬

邹卜宇，浙江工业大学人文学院本科生

我已经失去了得知"暴食"含义的可能
在一个无法揣度的地方，有一团水雾
对峙中它和我一样长久，随着繁花
与行星长成自己的器官，它在聚散中
闪烁出一些潮湿的解答。当然这些都只是
尝试。一生中我多次叩问，梦境是如此
潮湿，为何要令我食不死药？

傲慢的人，我从未被他们所降服
多年以来，与我斡旋的只有春烟、神山和
浓稠的雨，而夕照是一场絮状的缓慢狩猎
你看，风暴诞生了，城池摧毁了
枯萎的灵迹在剥离前最后一次流露侘傺
我不再用时间去占驻存在的迹象，可他们
不知餍足，要以轻蔑的口吻弑神

水雾中燃烧的谜面，我已经失去年轻的心

那些骸骨写满对时间的否决，写到迸裂
也就否决一切，"你是唯一的幸存者"
我愤怒地吞咽，世界如琉璃般急剧缩小
深秋姗姗褪色，万物溺于弱水中再死一次
可是我错了，我吃了那么多的骨头，那么多的
暴虐，却得不到任何一个不随你逝去的祝词

请你不要再吟唱了，闪烁的人
这里的虚实已经紊乱，我还想要为之追随
可我已经必须停下。六次刺杀斩落一颗
模糊的头颅，那声音几乎乞怜："请你告诉我
怎么会有人渴望毁灭呢？怎么会
因为无法磨灭到面目全非而感到遗憾？"
水雾扑朔，还像在安抚一具神尸被血抱住的颤抖

"开明东有巫彭、巫抵、巫阳、巫履、巫凡、巫相，
夹窫窳之尸，皆操不死之药以距之。窫窳者，蛇身人面，
贰负臣所杀也。"——《山海经·海内西经》

翻译类

POETRY TRANSLATION

诗意无界

"求是杯"国际诗歌创作与翻译大赛

获奖作品集

外语诗歌原文

英语诗歌原文

Autumn

Walter de la Mare

There is a wind where the rose was,
Cold rain where sweet grass was,
    And clouds like sheep
    Stream o'er the steep
Grey skies where the lark was.

Nought warm where your hand was,
Nought gold where your hair was,
    But phantom, forlorn,
    Beneath the thorn,
Your ghost where your face was.

Cold wind where your voice was,
Tears, tears where my heart was,
    And ever with me,
    Child, ever with me,
Silence where hope was.

Ode an das Dienzephalon

(Nach W. H. Auden nach A. T. W. Simeons)

Durs Grünbein

Hier also hältst du, Black Box, dich versteckt. So was
Von Präzision, in sich verstrickt, muß sich rächen.
Lange warst du ungreifbar, nun bist du dir selbst
    Häßlich der Nächste.

Klinisch entblößt, auf Karten verzeichnet, ein Mgazin
Heißer Drähte vom Zentrum zum Kleinen Zeh,
Eingeklemmt zwischen Logos und feeling... fragt sich
    Wer hält hier wen fest?

Nichts von dem was sich im Neuronalen Netz fing
War dir wirklich Ernst. Selten stand mehr im Programm
Als Betrug, psychische Tricks oder Schlüsse wie dieses
    Cogito ergo...

Alles im Griff, Flugkörper, Sprachen und Religionen,
Hast du nur eins unterschätzt, dieses Ich. Besser
Es läge noch immer vor seinem Schlag aus der Art
    Glücklich im Koma

俄语诗歌原文

Поднявшись на цыпочки—так, что макушка

Алексей Порвин

Поднявшись на цыпочки—так, что макушка
по гладкому своду скользит высоты,
идут голоса, и душа обступает,
смыкается вверх уходящей стеной.

Всё у́же и у́же—и, словно колодец,
для ощупи скользок и продолговат,
твой выбор, отвесный и разноголосый,
вбирает нечёткое эхо тебя.

Ты чувствуешь дно замирающим плеском,
в тебе отражается чьё-то лицо;
склонился и смотрит в колодец ребёнок—
как он, ты останься тишайшей водой.

Он встал за спиной ожидания чуда—
оно говорит, говорит вразнобой,
и страхом, ослабившим детскую руку,
в спокойную воду роняет ведро.

FAUBOURG

Eugène Guillevic

Les murs ont de la peine à se tenir debout
Au long de cette rue
Qui monte et tourne.

On dirait qu'ils sont tous venus, ceux du quartier,
Essuyer leurs mains grasses au rebord des fenêtres
Avant de pénétrer ensemble dans la fête
Où croyait s'accomplir leur destin.

On voit un train peiner au-dessus de la rue,
On voit des lampes qui s'allument,
On voit des chambres sans espace.

Parfois un enfant pleure
Vers l'avenir.

六　月

木津川昭夫

今宵凶暴な心は独り怒りとなり
燐光となって　狂おしく燃えた
呆然と夕の嘆く薄暗い部屋の片隅に
欲望は灰白の布となって垂れ下った

眼球に投射する六月の滴たる緑
北国の黒ずんだ低い屋根屋根や
鈍色に光の沈んだ重い空に
喪失に悩む不安な風景がめくれる

牡丹花を揺するそよ吹く風
鈍重に錆びついた馬車の轍
指を開く針葉樹の痩せた青春
欠けた花瓶の側には爪を噛む燈

その時　ざわめきの立ち昇る
おびただしい生活の斜面から
翼もつけず一体何か降りたのだろう
暗い心にぎらりと光る激越な夜を抱いて

西班牙语诗歌原文

¿Quién anda ahí...

Luis García Montero

¿Quién anda ahí,
verso sin terminar entre mis versos,
desatendido sueño,
silencio de las luces y las puertas?

¿Quién anda ahí,
después de haberse ido, persistiendo
con ojos de batalla,
bajo la sombra muerta de las llaves?

¿Quién anda ahí,
viniendo sin venir, deshabitando
el tono de su voz,
la cuenta inacabada de los pasos?

En esos mismos labios que han hecho las maletas,
yo buscaba los héroes del destino.
Vinieron una tarde por llevarte con ellos,
y comprendí que nada se comprende.

秋

沃尔特·德·拉·梅尔

译者：雷敏，中南大学建筑与艺术学院本科生

风吹过玫瑰盛开过的地方，
冷雨落在芳草生长过的地方，
　　　云朵好像羊群
　　　漂泊在那高峻
灰色的天空上，云雀曾飞舞的地方。

不再有温热，在你手触摸过的地方，
不再有金色，在你头发飘扬过的地方，
　　　在棘刺的下面，
　　　只有荒凉，虚幻，
你的灵魂浮现在你面容曾焕然的地方。

寒风掠过你的声音到达过的地方，
泪水，泪水流淌在我心起伏过的地方，
　　　而一直伴随我的，
　　　孩子，一直伴随我的，
是沉寂，希望曾燃烧过的地方。

专家点评

吴笛，诗歌翻译家、评论家。浙江大学世界文学与比较文学研究所所长、教授、博士生导师，兼任中国中外语言文化比较学会会长、浙江省比较文学与外国文学学会会长。已出版《英国玄学派诗歌研究》等10余部专著、《雪莱抒情诗全集》等30余部译著，以及50余部编著。

　　英国诗人雪莱曾经说："诗是最快乐最良善的心灵中最快乐最良善的瞬间的记录。"对于大学生来说，阅读诗歌和翻译诗歌，是净化心灵的一种艺术，是提升外语水平的一个极好的途径。对于一首诗，我们是否读懂了，是否领会了，这从译文中就能够清楚地看出。从雷敏同学翻译的沃尔特·德·拉·梅尔的抒情诗《秋》来看，该同学对该诗的理解是正确的，用中文进行的再创作也是较为成功的。诗是从丰富的语言矿产中提炼出来的语言艺术精华,普通的词语往往蕴含着丰富的思想和情感。我们在对《秋》进行理解和翻译的时候,首先应该注意到该诗的结构艺术。该诗打破了传统诗歌的韵律特征,共分三个诗节,每节由五行组成,每节的第1、2、5行不仅押同一个韵,而且押同一个词,形式工整,从而形成了独特的诗歌结构艺术。雷敏同学的译诗极好地体现了这一特质,主要是因为该同学所学的专业是建筑艺术,所以在对该诗的结构艺术的领悟中占有优势,于是,他用"地方"这一词语押韵,恰如其分地传达了原诗的结构和韵律特质。

其次,德·拉·梅尔作为20世纪上半叶英国的象征主义诗人,他的这首诗的一个重要艺术特征是大量象征意象的使用,如"cold rain"(冷雨)、"warm"(温热)、"lark"(云雀)、"silence"(沉寂)等等,翻译也都准确无误。

最后,应该强调的是,德·拉·梅尔的诗歌中,技巧非常娴熟,曾赢得了同辈诗人艾略特和奥登的赞赏。奥登称德·拉·梅尔是"一位在技巧和智慧两方面都日臻完善的诗人"。德·拉·梅尔的这首《秋》中,有着强烈的对照艺术。这里的对照,主要体现在过去与现在的对照。从第一行直至最后一行,贯穿始终。原诗的第一行就是"There is a wind where the rose was"，以下的每一句中，实际上都省略了表示现在的"there be"，而突出表示过去的"was"，直到最后一行，还是"(There is) Silence where hope was"。而这一重要的语义特征，雷敏同学的译文中没有表现出来。所以，翻译本身是要做出取舍的，究竟是在译文中选取"was"重复的形式特征（如译诗中的"地方"的重复），还是强调"was"一词所凸显的怀旧意识，是需要慎重抉择的。

踮起脚尖——让头顶

阿列克谢·帕尔文

译者：刘天宇，浙江大学外国语学院硕士生

踮起脚尖——让头顶，
沿着高处光滑的拱顶掠过，
声音飘来，心被环绕，
被向上退去的墙包围。

越来越窄——仿佛水井，
触感光滑而狭长，
你的选择，陡峭而嘈杂，
接纳你模糊的回声。

你察觉井底息止的涟漪，
你映出他人的面孔；
俯身望向水井的孩子——
如他一般，你是最沉静的水。

他退后等待怪物——

它发出声音，发出支离的声音
而恐惧松开了孩子的手，
桶落在静水之中。

专家点评

郑体武，俄罗斯文学研究专家。上海外国语大学文学研究院副院长、教授，博士生导师，兼任国务院学科评议组外语组成员、世界俄语学会主席团副主席。出版《俄国现代主义诗歌》等专著 5 部，《俄国现代派诗选》《勃洛克诗选》等译著 10 部，主编"白银时代俄国文丛"和教材多种，发表《高尔基与尼采》等论文 50 余篇。

　　诗歌翻译，大体上可分为理解、表达两个步骤。所谓以诗译诗、译诗成诗主要说的是第二个步骤，但在此之前，理解是至为关键的，是第二步的基础，理解不过关、不可靠，第二步就会成为无稽之谈、"胡思乱想"。关于第二步，更多要诉诸经验和直觉，容择日再谈，此处只就理解，主要是语言层面，结合译文做点粗浅的点评。诗无达诂，我的浅见也难免受到这样那样的局限，聊备参考。

《踮起脚尖——让头顶》一诗，应该说构思奇特，采用了复式结构和少见的第二人称；诗中有两重视角，主客体之间相互转换和交融，词浅意深，有时运用暗示和双关，言在此而意在彼；整体理解难度大，加上作者系名不见经传的青年诗人，关于此诗的解析资料在互联网上查不到，更增加了翻译难度。看得出来，刘天宇的译文在理解、表达上是下了一番功夫的，对原文的语义、节奏特点总体上是把握得比较准确的；译文如再做个别修改，应该是站得住脚的。

原诗在语言方面，给理解制造出的一些疑难，主要在以下词语和词组（搭配）上：（1）свод，（2）обступать，（3）эхо тебя，（4）чьё-то лицо，（5）остаться，（6）за спиной，（7）чудо.

这些并非新词和冷僻词，但放在本诗语境中和前后搭配中，就会让人颇费思索。

要解决以上疑难处，关键是要读懂这首诗在讲什么。这首诗初读，似很平常，再读乃至三读，则发觉似是而非之处甚多。这里有两个主人公，"你"和"他"，你在井中，他在井外；也就是说，此诗可分为两部分，前半部分（第1—10行）是"你"在井中所见（所感），是从里往外看；后半部分（第11—16行）是"他"从井口向井中俯望。这里有几个问题值得探究："你"和"他"是什么关系？诗中情节是真实还是想象？这首诗的主题是什么？生与死？童年和成长？……可以见仁见智，但整首诗是建立在想象上的，应该不错。

"свод"是常用语，尤其在诗中，此处是指什么，应该是双关：既是井口，又是天空；下文的"掠过"不如"滑动"，因是进行中的动作，大概译者误以为"скользить"是完成体动词了。

"душа обступает（心被环绕）"，这里的动词"环绕"不是被动式，而是主动式，准确译法应为"心（灵魂）环绕"，环绕什么，此处未讲。由于这一句错了，接下去一句"被向上退去的墙包围"也就错了，不是心被墙包围，而是形成包围之势的心"合拢"了（这一句有位获得二等奖的同学倒是译对了），使得被包围者插翅难飞。这里的"墙"（стена）是第五格，从语法上讲，可以有两种解释，此处应为"像一堵墙"。

"狭长"不如"椭圆"，这里显然指的是井壁，"椭

123

圆"更贴切；下一句的"接纳"不如"吸纳"。

"他人的"意思窄了，应为"某个人的"，因为这里也可能包括"自己的"。注意，由于此处"物我合一"了，"你"即是"水"，也是"他（孩子）"。

"俯身望向水井的孩子"将主谓宾语齐全的句子译成偏正词组了，而且语义反倒不如原文清楚，也使得主人公的出场不够有力，还是保持原文句式"一个孩子俯身朝井中张望"为好。

"你是最沉静的水"，"是"没有将原文的命令式翻译出来，另外，此是非彼是，应该是"依然是，仍然是"。译文中应设法体现。

"Он встал за спиной ожидания чуда"一句有难度。"вставать (стоять) за чьей спиной"（站在谁背后）有依靠谁、指望谁的意思，这里是作者化用这个成语（从日常角度可以说是错用，但是诗歌中是允许的；洛特曼有言：好诗的特点之一就是"语法不正确"），因此，"退后"一词翻译得过实，"动作过大"，其实就照字面翻成"起身、站起来（原来是趴着的）"即可。"чудо"（怪物）一词多义，在童话里，确实也有"怪物"的意思，但这里是否一定是怪物，而非"奇迹"，值得探究。译者可能受下一句影响，认为既然让孩子受到了惊吓，当然应该是怪物了。可以存此一说。但深究起来，人在面对未知事物时，同样会表现出恐惧，这里面就包括奇迹。因此，译成"奇迹"也未尝不可。究竟哪个更合理，应该结合对这首诗主题的理解。关于"孩子与井"，俄罗斯有民间故事，这首诗是否受到这个民间故事的启发，在多大程度上有关联，不得而知，但鉴于这首诗的特点，不妨允许纳入这样一个维度。

最后一句意思不错，但作为结尾，不够有力。

原文无韵，译文无韵也无妨，但放弃押韵这一营造诗意的手段，而要想无损于诗意，其实，其他方面的艺术和技术要求应该更高，压力也应该是更大了。

我的参考译文押了韵：

抬起脚跟——让头顶
沿平滑的天穹滑动，
话音传来，灵魂环绕，
如一堵高墙四面合拢。

越来越窄——好似一口井，
摸上去湿滑，是椭圆形，
你的选择，垂直且嘈杂，
吸纳你模糊不清的回音。

你感受着井底的死水微澜，
你之中映出某个人的面孔；
一个孩子俯身，朝井中张望——
你该跟他一样，静水无声。

他站起身，静待奇迹发生——
它开口说话，凌乱含混，
恐惧，令他慌忙松手，
桶，砰的落入静水之中。

市　郊

尤金·吉列维克

译者：蒲婉莹，西南民族大学新闻传播学院本科生

颤颤巍巍的墙壁
沿着这条街道
蜿蜒曲折地伸向远方

近郊的人们纷至沓来
窗台上　他们擦拭着油腻的手
在共庆佳节之前
在相信会实现他们命运之处

我们看见路上奔忙的列车
我们看见初上的华灯
我们看见逼仄的房间

有时候　孩子哭着
走向未来

专家点评

树才，诗人、文学博士、翻译家。1990年
至1994年在中国驻塞内加尔大使馆任外
交官。1997年11月应邀参加法国巴黎
第四届国际诗歌节。2000年调入中国社
会科学院外国文学研究所，任副研究员。
2008年获法国政府颁发的"教育骑士"
勋章。著有诗集《单独者》、随笔集《窥》
等。译著有《勒韦尔迪诗选》《勒内·夏
尔诗选》《博纳富瓦诗选》《小王子》等。

　　欧仁·吉尔维克，这位出生于1907年的布列塔尼人，
现在被公认为法国20世纪最富有独创性的大诗人之一。
国内对他已有译介，但不多，就我所知，主要是李玉民
翻译了他的一本诗集。它被收入秦海鹰和我共同主编的
"法国诗歌译丛"中，可惜出版后没有什么反响。中国
的诗歌读者，对吉尔维克诗歌中的"空白"，似乎领略
不到其中的妙处。但实际上，即便对爱尔兰大诗人谢默
斯·希尼（1995年诺贝尔文学奖获得者）来说，吉尔维

克也是一位了不起的诗人，他曾写诗向吉尔维克致敬。

《市郊》这首诗是吉尔维克的一首名作。在漫长的创作生涯中，吉尔维克出版了很多诗集，大多数是在伽利马出版社出版的，其中最有影响力的那本诗集《地下》（*Terraqué*），也是伽利马出版社于 1942 年推出的。同年，除了吉尔维克的《地下》，还有另外一本影响深远的诗集《站在事物的立场》（*Le parti pris des choses*）问世，那是法国大诗人弗朗西斯·蓬热的作品。两本如此重要的诗集在同一年面世，对法国诗歌界来说是一件大事。

《市郊》这首诗就收在诗集《地下》中。诗不长，共 4 节，计 12 行（不算空行）；不过在吉尔维克的诗作中，也不能算短了。他的大多数诗作，比这一首更精短。这首诗不难理解，句式相对简单，词汇也不深奥，乍一看，人们感觉是容易读懂的。但是，仅凭这一层"读懂"，你如果下笔一译，就会发现，它并不好译，因为你译出的句子，总是与法文有一种"隔"的感觉：不贴切，不准确，不传神，好像丢失了某种诗意，某种空间感。

读蒲婉莹的译文，我的第一感觉，就是有诗味儿，即便在现代汉语中，该译文也是一首蛮好的诗。她才是一个本科的学生，我不知道她是否有在法国留学的经历，反正撇开法语水平，我首先想肯定的，是她的汉语表达能力。也许她自己也写诗，我不知道。干净，简洁，略显干涩，有疏朗的空间感，也有细节的神秘……这些都是吉尔维克诗中的语言特质。译文体现出来了！这很不容易。

人们经常强调外语的重要，这肯定是对的，人们怎么强调都不过分，因为翻译一首诗，阅读是第一步（而且它会一直绵延到译文诞生）。如果没有好的外语能力，你的阅读之路就处处坎坷，不把你绊倒才怪呢！但我更想强调的，反而是译者母语的写作能力，因为翻译一首诗，本质上也是译者用自己的母语"再写"一首诗，不管你的"理解"到了什么程度，你都得有足够好的母语能力，才能把你"所理解的"写成母语里的句子。"理解"和"再写"，其实是两种不同的能力。当然，你写不出你"没能理解"的东西，但也不一定，因为我们也不妨把我们暂时"没能理解"的东西，敞开给陌生的读者，没准读者能理解得更好一点。

对《市郊》这首诗，蒲婉莹不见得在句法结构上理解得很到位，但她的汉语表达却是到位的。也就是说，她的母语写作能力，让我感到喜悦。读她的译文，有诗的味道。而且她善于"整体地"（当然也是模糊地）译出自己理解的东西。第一节第一句，"颤颤巍巍"这种表达，呼应了原文中的拟人手法，挺大胆的；从第三句译文来看，"伸向远方"的还是"墙壁"，实际上，原文是指"这条街道"。但由于译得"模糊"，整体上一想，我觉得也没问题。第二节第一句开头On dirait，最好还是译一下，不过，也可以模糊过去；第二句译得很好，第三、四句这么译，也有出彩之处。第三节是全诗译得最有表现力的部分，"重复"得好，找到了重复之法，也找准了重复的句式。在一首诗中，或者在每一句诗中，我总相信（尤其凭我写诗的经验），有两层诗意形式：一种是可见的（即可理解的）意义形式，由字面意思和隐喻延伸构成；另一种是可听的（整体的领悟）声音形式，由口吻、气息、节奏等综合而成。对翻译一首诗来说，"声音形式"甚至更为重要，因为它是潜在的、不可分割的、生命呼吸的部分。这首诗第三节，声音形式很突出，译文能呼应，说明理解得好。第四节，像电影一幕，聚焦于"孩子"，又放大到"未来"，这是生命细节中的神秘部分。原文写明是"一个小男孩"，但译成"孩子"，也是好的。一个小男孩也是孩子嘛！"走向未来"，译得大胆，有力度，把介词当动词用了。

不管怎么说，我挺愿意肯定这篇译文的质量。借此机会，我也特别强调了一下译者母语"再写"能力的重要性。译诗译诗，译的是诗。理解总会有这样那样的缺憾（从来不存在对一首诗的"完整、准确、全面"的理解），但我认为，在译文中"再写"时，译者有必要（也有这个义务）发挥母语的创造力。

另外，对译诗有兴趣的朋友们，你们如果也能尝试写诗，那一定是有百利而无一害的。最后，祝贺蒲婉莹同学！

六 月

木津川昭夫

译者：谢孙炜，大连大学日本语言文化学院硕士生

是夜残暴的心化成孤寂的怒火
化作磷光　疯狂地燃烧
余晖的惘然叹息　昏暗的房间之隅
欲望变为灰白色的布段耷拉下垂

映入眼帘　六月娇嫩欲滴的新绿
北国　乌黑低矮连绵的屋檐
天色灰暗的薄暮　乌云密布的苍穹
为失落而苦恼　令人不安的景色接踵而至

轻拂牡丹使之摇曳的微风
笨重、锈迹斑驳的马车的辙印
叶枝一簇簇向外伸展　针叶树的贫瘠的青春
残破的花瓶之旁则是颓唐消沉的银灯

其时　喧嚣纷涌

从纷扰的生活斜坡之上

没有羽翼的加持　究竟是什么落了下来

让暗淡的心拥抱白光闪耀、激动昂扬的暮夜吧

专家点评

田原，诗人、文学博士、翻译家，日
本城西国际大学教授。出版汉语诗集
《梦的标点——田原年代诗选》、日
语诗集《田原诗选》《梦蛇》《石头
的记忆》等。出版译作《谷川的诗：
谷川俊太郎诗歌总集》和《松尾芭蕉
俳句选》等。获日本第 60 届 H 氏诗
歌大奖、第 10 届《上海文学》奖、
首届太平洋国际诗歌奖翻译奖等。

  作为日语翻译的参赛作品，出题官选择这首诗颇具
匠心，肯定经过了一番深思熟虑。这样说并非在强调这
首诗在艺术上有多高的完成度和在日语诗歌中的重要性，
而是因为这首诗在解读和翻译上颇具难度。这种难度不
仅仅在于诗意的晦涩深奥，还在于日语原文中语言前后
逻辑的连贯性。

  作者木津川昭夫 1929 年生于北海道，2012 年谢世。
42 岁自费出版第一本诗集《幻想的自画像》，作为诗人，

他出发得略晚。木津川一生共出版过 13 本诗集（包括 2 册诗选集），生前主要活跃在 1977 年他自己创刊的同人诗刊《旷野》，以及其他几份同人诗刊如《火牛》《野性》《日本未来派》《青花》等。他在日本读者和现代诗人中并没有太高的认知度，虽然他在 2001—2002 年担任了一年的日本现代诗人协会会长。在二战后日本 70 余年的现代诗坛中，客观地说，他充其量只是一位二线诗人。

入围的几首翻译作品中，各位译者对原诗的理解并没有太大的差异。这首译作之所以获奖，我觉得首先取决于译者对原文的理解力，不仅汉语语感甚好，也译出了原作的艺术气氛，或者说译文与原作的艺术气氛比较接近。

现代日语作为胶着性的二重复线型语言，其本身带有很大的不确定性。我曾在以前的文章里列举过日语的语言特性：

1. 杂交的语言性格，由和（日）语、汉语和翻译语等构成。

2. 表记文字的多样性：汉字、平假名、片假名、罗马字。

3. 主语省略，词形变化，尤其是动词时态变化的丰富性。

4.靠助词和助动词的黏着，支配单词在句子中的角色和意义。

5.暧昧性、情绪化、开放性维系在主语（补语）—宾语—谓语的语法秩序上。

日语中的暧昧、主语省略、缠绵、情绪化等很多语言和表现特点为翻译带来了难度。这首诗的第二节第四行最后一个动词不好拿捏。从各篇译文不难看出，每位译者都参照了《日中辞典》里的解释。可是，现代诗作为语言秩序的建立者，它的"无政府主义"习性随处可见，有些词语承担的意义有时不仅僭越辞典里的诠释范畴，甚至无法赋予它们"合法"的意义和命名。这一点也正是现代诗翻译的难度。《六月》带有很强的象征主义色彩，黯然流动的情绪穿梭于衔接模糊的语言之中，极为令人费解。我想即使对于很多的日本读者，初读也不见得能完全领会。

秋 日

沃尔特·德拉·梅尔

译者：陈瑜婕，西安交通大学外国语学院本科生

玫瑰生长之地，如今悲风轻拂，
甘草密布之处，如今冷雨淅沥，
　　而云朵好似绵羊
　　溪流穿越峭壁
灰暗的天空中曾有云雀掠过。

你的手触及之处，余温未存，
你的发所在之处，金黄已褪，
　　但幻影，孤寂着，
　　在荆棘之下，
你的脸浮现之处，鬼魂幽荡。

冷风冲刷过你的声音，
无尽的泪水啊，溢满我的心，
　　永远与我相伴，
　　孩子，永远与我相伴，
沉默占领了希望的故地。

秋

沃尔特·德·拉·梅尔

译者：李嘉众，外交学院国际经济学院本科生

凄风掠过之处曾有玫瑰似锦；
雨水降落之处曾有芳草如茵；
　　云朵像群羊
　　流淌在高长、
灰色的空中，那里曾有百灵飞行。

你手掌曾抚摸之处不再有温情；
你发丝曾飘扬之处不再有流金；
　　只剩鬼影、孤寂，
　　栖息于荆棘，
是你的魂灵，那里曾有你面容沉静。

冷风呼啸之处曾有你的声音；
泪水、泪水洒落之处曾有我的衷心；
　　和我永在的，
　　是孩子，和我永在的，
是寂静，那里曾有希望殷殷。

秋

沃尔特·德·拉·梅尔

译者：刘君羽，中国地质大学（北京）外国语学院硕士生

寒风掠过玫瑰曾盛放之处；
冷雨浸过芳草曾摇曳之处；
　　云朵好似羊群
　　流转在那陡峻
灰色天空，云雀曾展翅之处。

不再有温暖留在你手抚摸之处；
不再有金色洒在你发飞扬之处；
　　只有幻影，凄凉，
　　在那荆棘下方，
你的幽魂飘在你面容浮现之处。

寒风掠过你的声音曾回荡之处；
泪水，泪水淌过我的心曾归之处；
　　永伴我者，
　　孩子，永伴我者，
沉默悄然漫过曾满载希望之处。

间脑颂

（步 W. H. 奥登仿 A. T. W. 西蒙斯韵）

杜尔斯·格林拜恩

译者：练斐，浙江大学外国语学院博士生

所以，你藏在这儿啊，黑箱。如此
精密之物，自相纠缠，必食恶果。
你一直神秘未知，现在你就是你
　　丑陋的邻人。

临床，绘于纸上，展露了一个
连通中枢到小趾的控线盒，
夹在逻各斯与感知之间……且问
　　谁掌控着谁？

神经网络中捕获的任何东西
你都不以为意。除了欺骗、心理诡计，
或像"我思，故……"这样的结论，程序里
　　几乎再无其他。

一切尽在掌握，导弹、语言和宗教，
你只低估了一件事，那就是我。最好
在它偏离原型之前，继续

　　幸福地昏睡。

踮起脚尖——这样，头顶

阿列克谢伊·波尔文

译者：杨朵，北京航空航天大学外国语学院硕士生

踮起脚尖——这样，头顶
能够沿着光滑的穹顶滑翔，
声儿飘起来，心儿便牵萦，
向上汇聚形成延伸的壁墙。

愈来愈窄——仿佛一口井，
用手触摸这光滑的椭圆形，
你的选择，陡直而又乱鸣，
笼罩着你的回音模糊不清。

你凭溅落的水声感受井底，
某人的面庞映照在你身上；
孩子弯下了身子看向井里——
像他，你变成静静的水浪。

他背过身等待奇迹的降临——

它说着啊，断断续续地说，
恐吓着小孩子松开了手柄，
坠落的桶儿打破水的静波。

谁在那里

路易斯·加西亚·蒙特罗

译者：陈紫晶，浙江越秀外国语学院西方语言学院本科生

谁在那里？
我诗行间未尽之诗，
缺席的梦，
灯的寂，门的静。
谁在那里？
有着坚毅的双眼，
在死亡之匙的阴影下，
已然销声，却未匿迹。
谁在那里？
来而未来，
脚步未尽，
声调渐隐。
在行李的两唇之间，
我曾寻找命运的主人。
在某个下午，
他们曾带去你，
而我那时才明白：
我们什么都不明白。

秋

沃尔特·德·拉·梅尔

译者：李谷雨，云南大学外国语学院本科生

寒风呼啸之处，曾有玫瑰绽放过；
冷雨坠落之处，曾有芳草丰美过；
　　　云朵如同羊群
　　　川流于那高远的
灰色苍穹，那里，曾有云雀的羽翼划过。

如今不复有暖意，尽管它曾从你的掌心传递过；
如今不复有金色，尽管它曾在你的发梢闪耀过；
　　　如今唯余幻影，唯余孤寂，
　　　在那荆棘底部，
唯余幽魂，尽管你的芳容曾存在过。

寒风呼啸之处，曾有你的声音回荡过；
泪水，泪水流淌之处，曾是我的心挂牵过；
　　　与我长存的，
　　　孩子，与我长存的，
是沉寂，而这里，曾有希望驻足过。

秋

沃尔特·德·拉·梅尔

译者：李雨樨，暨南大学国际学院本科生

凄风吹在玫瑰曾经开放之处；
冷雨洒在青草曾经甘美之处；
　　云朵好像羊群
　　流行在那高峻、
灰色的空中，云雀曾翱翔之处。

不再有温暖在你手掌抚摸之处；
不再有金色在你头发生长之处；
　　只有鬼影，孤单，
　　在荆棘的下面，
你的幽魂在你的面容曾在之处。

凄风吹在你的声音曾回响之处；
泪水，泪水洒在我的心曾在之处；
　　与我永在者，
　　孩子，与我永在者，
是沉默，在曾经充满希望之处。

秋之殇

沃尔特·德拉·梅尔

译者：林一舟，四川外国语大学翻译学院本科生

寒风吹彻，玫瑰鲜红不再
冷雨沥沥，青草甘腴不再
　　云朵聚涌好似群羊
　　苍天之上汩汩流淌
天幕沉沉，云雀啁啾不再

你的手掌渐远，温热不再
你的秀发渐远，灿金不再
　　徒留鬼魅，孤单
　　层层荆棘藏掩
幽魂映于脸庞，娇嫩不再

凄风厉厉，悦耳欢声不再
泪眼蒙蒙，心神安宁不再
　　今后永远伴随我的
　　孩子，永远伴随我的
是缄默，而憧憬不再

秋　天

瓦尔特·德·拉·梅尔

译者：刘新，东北财经大学国际商务外语学院硕士生

凄风吹过之处曾玫瑰盛放；
冷雨淋透之处曾青草芬芳；
　　云团似羊群奔波，
　　自灰色高空泻落，
那里曾有云雀翱翔。

你抚过之处重归冰凉；
你浓发飘过之处再不见金黄；
　　唯有荆棘下你的魂魄，
　　虚无着，孤独地，
在你曾存在之处游荡。

冷风吹过之处曾有你声音回响；
泪水，泪水流过之处我空余心伤；
　　永伴我的，
　　孩子，永伴我的，
是沉默，占据了曾经的希望。

秋

沃尔特·德拉·梅尔

译者：韦子轩，南京大学外国语学院本科生

曾开着玫瑰的地方　如今刮起凄风，
曾长着甜茅的地方　如今雨水冰冷，
　　曾飞过云雀的地方　如今云朵如群羊
涌过险峻的灰色天空

你的手曾触及的地方　如今是一片冰凉，
你头发曾拂过的地方　再难觅那绺金黄，
　　那荆棘丛底，
　　只有魅影凄凄，
你脸庞曾浮现的地方只有你的幽灵在游荡

你嗓音曾响起的地方如今寒风凛凛，
我心曾在的地方　如今泪水满盈，
　　永远是这般景况，
　　孩子啊，永远这般景况，
希望曾在的地方　如今一片寂静

间脑颂

（仿 W. H. 奥登仿 A. T. W. 西米恩）

杜尔斯·格林拜恩

译者：陈伊凡，北京语言大学西方语言文化学院本科生

黑匣子，原来你一直，在这里藏身。如此
精准，纠缠于自身，定会自食其果。
长久难捉摸的你，如今成了你自己
　　丑陋的邻人。

裸体手术，被卡片记录，
一间仓库　储存热的线条，从中心到小脚趾，
夹在理智与情感之间……它问自己
　　谁在这儿抓紧了谁？

神经网络捕捉的任何东西
你从不当真。这网络唤来的
不外乎背叛、心理骗术和终结
　　我思故我……

导弹、语言和宗教，尽在掌握，
只有它被你低估：自我。不如
让它依旧因本性的打击而躺倒
　　在昏迷中幸福。

踮起脚——这样，头顶

阿列克谢·波尔文

译者：孙心悦，大连海事大学外国语学院硕士生

踮起脚——这样，头顶
就会沿着光滑的拱顶滑过高层，
声音响起，灵魂围绕，
像即将离去的围墙向上合拢。

渐行渐远——就像水井，
摸起来是那样光滑而圆整，
你的选择，陡峭又嘈杂，
模糊的回声请你入瓮。

你感觉到底部停息的拍溅声，
在你心中浮现某人的面容；
一个小孩低头看向水井——
像他一样，你就依然做那静水平平。

他起身，等待奇迹已不相逢——

它说着，言语朦胧，
恐惧地，松开孩子的手，
水桶落进平静的水中。

踮起脚跟，让头顶……

阿列克谢·波尔温

译者：王思齐，浙江大学外国语学院博士生

踮起脚跟，让头顶
沿高远的苍穹掠过，
一阵声音传来，心亦合拢，
向上堆砌，仿若出走的墙壁。

一切越来越窄——就如同，
摸上去湿滑的椭圆水井，
你的选择，垂直又喧杂，
不清晰的回声将你吸纳。

你借由消逝的水声探知井底，
某人的脸庞倒映在你的身上；
一个孩童俯身向井里凝望——
你仍是无言的水吧，如他那样。

他在奇迹的期待背后起身——

它讲起话来，话音错落，
恐惧松开了孩子的手掌，
桶子便砸在宁静的水上。

城　郊

尤金·吉列维克

译者：汝琳，苏州大学外国语学院本科生

墙垣堪堪支棱
沿着这条
曲折的坡路。

街区的人们，想必已纷至沓来
在窗台上揩拭油污的手
再深深融入一片节日氛围
想来生命在这里便得圆满。

你看街道上方一列火车沉沉驶过，
你看初上灯火，
你看攒仄屋舍。

不时一阵儿童啼哭声
遥向未来飘去。

郊 夜

欧仁·吉耶维克

译者：王逸奇，苏州大学外国语学院硕士生

墙体摇摇欲坠
沿着漫漫阡陌
攀缘而上，辗转连绵。

如是所闻，郊野之众，莫不毕至，
手间纳垢，沿牖而拭
方款款而入，共襄庆典
自感遭际终得偿。

君可见路上列车风尘碌碌，
君可见街畔昏黄灯火荧荧，
君可见方寸陋室鳞次栉比。

间或稚子向隅
哀前路多舛。

六 月

木津川昭夫

译者：王梓霖，厦门大学外文学院本科生

今夜狂暴的心独自愤怒
化作磷光　狂热地燃烧了起来
呆呆地在黄昏叹息般昏暗的房间角落里
欲望化作灰白色的布　垂了下来

六月青翠欲滴的绿映在眼里
在北方黑暗低矮的屋顶和
深灰色的阴沉的天空中
翻卷着因失去而苦恼不安的风景

微风轻摇着牡丹花
笨重的锈迹斑斑的马车车辙
张开手指针叶树般贫瘠的青春
残缺的花瓶旁是挂在钩子上的灯

然后　升起一阵喧嚣

从无数的生活斜面上
连翅膀都没有了该如何降落
阴郁的心中怀抱着闪闪发光的激情澎湃的夜

何人于此徘徊？

路易斯·加尔西亚·蒙特罗

译者：国序芃，吉林大学外国语学院本科生

何人于此徘徊？
纸上诗行　吟有未尽
梦境昏昏然然漫无所寻
周遭光影朦朦门扉寂寂

何人于此徘徊？
曾远行者　是归来人
仍有一双战火燎原的眼
覆满了死亡枪声的灰霾

何人于此徘徊？
举步欲行　原地不前
空洞的声音失却了语调
无休的脚步迷失在咫尺

唇间喃喃　行装已备

我要找寻命运的英雄

他们曾于一个午后到来　偕我同游

而我知晓了　世上并无可知晓之事

秋

沃尔特·德·拉·梅尔

译者：蓝晓燕，复旦大学法学院硕士生

玫瑰曾经开放之处，秋风瑟瑟
芳草曾经生长之处，冷雨凄凄
　　云朵如同羊毛
　　流过陡峭之处
灰色的天空，是云雀曾经翱翔之所在

你的双手曾经触碰到的地方，再无温暖
你的头发曾经生长的地方，再无金色
　　荆棘之下
　　只有鬼影与孤独
你的面庞曾在哪，幽魂便在哪

冷风吹散了你曾经的声之所响
泪水，泪水洒落在我曾经的心之所在
　　与我永在
　　孩子，与我永在
过往的希望之所在，即今时的沉默之所在

秋

沃尔特·德·拉·梅尔

译者：郎振坡，中南大学外国语学院本科生

曾经玫瑰盛开过的地方仅剩凄风，
曾经香草葳蕤过的地方唯有冷雨，
　　　朵朵白云如绵羊，
　　　缓缓飘过峭壁，
曾经云雀的栖身之处已是灰天地。

你的小手触摸过的地方已无暖意，
你的头发生长过的地方不再如金，
　　　唯有孤独与幻影，
　　　荆棘丛丛之下，
你的笑脸绽放之处已是幽灵依依。

你声音响过的地方仅剩冷风凄凄，
我心眷念过的地方唯有眼泪滴滴，
　　　永远和我一起，
　　　孩子，永远和我一起，
曾经充满的希望化作无声的孤寂。

秋

瓦尔特·德·拉·梅尔

译者：刘竺昕，云南民族大学外国语学院硕士生

曾经玫瑰盛开之处，如今寒风凛冽，
曾经芳草伊畔之栖，值此冷雨连绵，
　　　朵朵云团幻化作簇簇羊群
　　　直挂险峻的暗沉天际
那是云雀过往停留之地。

纤纤玉手之所触，温暖不复，
铮铮秀发之所及，金黄散尽，
　　　只是于那荆棘之下，
　　　阴影藏匿，凄凉四溢，
面颊所掠的地方，似你的幽魂晃荡。

声音穿过的僻壤，悲风凄凄，
心脏停泊的港湾，泪水漫溢，
　　　永远跟随我吧，
　　　孩子，让我们永世相依，
昔时希望之乡，今夕万籁俱静

秋

沃尔特·德·拉·梅尔

译者：鲁振，北京第二外国语学院高级翻译学院硕士生

风儿吹过玫瑰曾盛开的地方；
凄雨浸湿芳草曾生长的地方；
　　云朵好似羊群，
　　悬挂在高峻的灰色天空，
那是云雀曾翱翔的地方。

你手掌抚过的地方，没有了温暖；
你头发飘过的地方，没有了金色；
　　幻影，孤寂，
　　荆棘的下面，
你的灵魂游荡在你面容曾在的地方。

凄风吹过曾有你声音的地方；
泪水滑落在我心曾在的地方；
　　与我同在，
　　孩子，与我同在，
是寂静，在曾充满希望的地方。

秋

沃尔特·德拉·梅尔

译者：史慧琳，浙江大学外国语学院本科生

昔日玫瑰亭亭处，如今秋风裹挟惆怅；
彼时芳草离离处，此刻秋雨散落荒凉；
　　　云雀难再寻，
　　　层云如羊群，
在险峻的灰天之上，游荡。

消散的，是你掌心的温烫；
飘逝的，是你发丝的金黄；
　　　容颜已凋敝，
　　　幽魂空孤寂，
在丛生的荆棘之下，彷徨。

汝声曾过处，唯余凄风荡荡；
我心曾归处，但留泪眼惶惶；
　　　希望匿了踪迹，年复一年，
　　　孩子，年复一年，
只剩静谧与我，同往。

秋

瓦尔特·德拉·梅尔

译者：孙成龙，南京师范大学文学院硕士生

荫翳的风吹在玫瑰曾开过的地方，
冷峭的雨落在芳草曾生长的地方，
　　　云朵像羊群
　　　流过险峻
灰色的苍穹，那是云雀曾翩飞的地方。

温暖消失在你的手曾抚慰的地方，
金黄遗失在你的发曾飘扬的地方，
　　　只有孤独，幻影，
　　　在荆棘下寂静，
你的魂灵游荡在你面容曾浮现的地方。

冷风呼啸在你声音曾响起的地方，
眼泪流落在我心脏曾跳动的地方，
　　　永远同我一道，
　　　孩子，永远同我一道，
沉寂在希望曾到过的地方。

秋

沃尔特·德·拉·梅尔

译者：王雪纯，郑州升达经贸管理学院外国语学院本科生

玫瑰曾绽放之处，仅凌风在
鲜草曾遍布之处，仅冰雨在
　　丛云似羊
　　细流越冈
云雀曾欢腾之处，仅灰空在

你手曾经往之处，温存不再
你发曾弥留之处，熠烁不再
　　幻象，绝望
　　刺痛中隐藏
你貌曾展露之处，仅残影在

你音曾到达之处，仅寒风在
我心曾跳动之处，仅啜泣在
　　萦绕我旁
　　你永萦绕我旁
期许曾迸发之处，仅寂寥常在

秋

沃尔特·德·拉·梅尔

译者：魏文静，南京医科大学外国语学院本科生

朔风途经玫瑰畴昔的盛放
晦雨濯净兰蕙曾经的郁苍
　　云翳恰似群羊
　　流逸在高远、灰蒙的天茫
浮现云雀往日的翱翔

你的指尖触碰处唯余一片冰凉
你的头发也失去了年少的金光
　　孤苦与幻象
　　交织在这荆棘下方
你的幽魂徘徊于面容的陌殇

风萧萧宛若你声音的回响
那泪水，簌簌落于我的心上
　　纵使万物消亡
　　孩子，我将与你同在
新生的岑寂湮没了旧时的希望

170

秋

沃尔特·德拉梅尔

译者：温丹萍，香港大学文学院硕士生

风萧萧，玫瑰已不在；
雨凄凄，芳草已不在；
　　　浓云涌动，
　　　群羊过高空，
天灰灰，云雀已不在。

没有温暖——你的小手已不在；
没有光彩——你的金发已不在；
　　　虚幻，孤寂，
　　　荆棘树底
唯幽魂，你的面容已不在。

风凄凄，你的声音已不在；
泪盈胸，我的心却已不在；
　　　而今长伴我身，
　　　儿啊，长伴我身
是沉寂，希望已不在。

秋

瓦尔特·德拉·梅尔

译者：杨小雨，郑州大学外国语与国际关系学院硕士生

清风拂过之处曾有玫瑰绽放，
秋霖流经之地曾有芳草生长，
　　团云似羊毛
　　溪水泄山冈
灰暗的天空曾有云雀嬉闹。

你的手掌不再温暖，
你的金发不再光亮，
　　可孤影凄凉
　　在棘刺之下，
你昔日的脸庞已幻化成像。

寒风吹散你的呢喃软语，
泪水，泪水汇聚成我的心脏，
　　永远与我同在吧，
　　孩子，永远与我同在吧，
希望充斥之处眼下却一片寂寥。

城　郊

欧仁·吉尔维克

译者：邓泽华，北京体育大学国际体育组织学院本科生

蜿蜒起伏的
街道两旁
墙壁难以直立

他们似乎都已到场，街区里的人们，
先在窗台擦净满手油污
以便共同汇入那场欢聚
他们的命运想来于此尘埃落定

人们看见一列火车在路上挣扎蹒跚
人们看见点燃的灯光
人们看见房间挤在一起

有时一个孩童
面向未来，在哭泣

北 郊

欧仁·吉尔维克

译者：郑楠涛，中山大学中法核工程与技术学院本科生

路蜿蜒而上
沿途尽是
摇摇欲坠的墙

街区的居民像是都来了
油光的手搭在窗沿上
将参加这场
他们自认履行命运的盛会

街上火车匍匐爬行
灯火点点
房间拥挤而无隙

偶有孩童
为将来啼哭

六 月

木津川昭夫

译者：陈雪晴，北京工业大学文法学部本科生

今宵孤心独怒凶，
残阳如磷煅天红。
轩阁黯然隐轻叹，
荼白帘幕映欲穹。

映目季夏染青葱，
北国晦暗瓦檐空。
愁云雾霭蔽奔犀，
彷徨落魄无影踪。

熏风微扶化白茸，
立乘嫁衣辙西东。
针叶纤指芳华逝，
残瓶饕餮爪牙灯。

熙攘闹市黔首中，

八面生计正恢宏。
腾飞弃羽何所落，
暗夜心冷萤火匆。

六 月

木津川昭夫

译者：赵姝铖，中南财经政法大学外国语学院本科生

今宵，凶暴之心独生愤怒
化作磷光，狂而燃烧
茫然喟叹，昏暗房间一隅
欲望之帘灰白垂落

映照目中，六月翠绿欲滴
北国矮屋黑压一片
日光黯淡，空色染作浅墨
恼于丧失，不安之风景卷缩

摇曳牡丹之微风
陷于笨重之车辙
枝叶伸展，针叶树青春瘦弱
残缺花瓶近旁，灯影闪烁

彼时，喧声四起

自生活浩繁各面

未着羽翼，竟有何物降下？

于激昂夜中，将点亮暗心之一闪抱拥

是谁？在那远处……

路易斯·加西亚·蒙特罗

译者：李铮，苏州大学外国语学院本科生

远处行谁？
是字里行间
未尽的诗句？
漫不经心的梦？
抑是门与光的静默？

远处行谁？
锁匙的阴影
绝望地覆盖
眼中闪烁战意
曾坚存于弥别之时

远处行谁？
她至终未至
架空着语调　荒芜他的声音
及无以量度的脚步

恰于离人唇间
我意寻命运之使
一日午后他将你带走
我亦明了
世间无事可明

第五届

"求是杯" 国际诗歌创作与
翻译大赛获奖作品及点评

第五届大赛简介

第五届"求是杯"国际诗歌创作与翻译大赛于 2022 年 6 月 6 日发布征文启事,截至 2022 年 9 月 30 日,共收到有效参赛作品 1376 篇。参赛选手来自国内外 409 所高校,涉及 271 个专业。

大赛评审本着公平、公正的原则,采取匿名评审制。评委们经初评、复评和终评,最后评出创作类一等奖 3 篇、二等奖 8 篇、三等奖 10 篇、优胜奖 15 篇,翻译类一等奖 8 篇、二等奖 11 篇、三等奖 13 篇、优胜奖 34 篇。

2023 年 4 月 2 日,诗意盎然的杭州迎来了第五届"求是杯"国际诗歌创作与翻译大赛颁奖典礼。出席颁奖典礼的有:浙江省作家协会党组书记、副主席叶彤,浙江大学外国语学院党委书记罗泳江,浙江大学世界文学跨学科研究中心主任、欧洲科学院外籍院士聂珍钊,"求是杯"国际诗歌创作与翻译大赛组委会主任、浙江大学外国语学院王永教授,北京外国语大学外国文学研究所副所长姜红,中国社科院《世界文学》杂志主编高兴，浙江大学出版社编辑董唯等主办及协办单位的负责人与代表，大赛终评委梁晓明、汪剑钊、臧棣等著名诗人，吴笛、刘文飞、田原、范晔等著名翻译家，赞助单位代表陈雪源先生，以及大赛的初评委和复评委代表、获奖选手。

叶彤书记在嘉宾致辞中感慨了"求是杯"国际诗歌创作与翻译大赛近十年的坚持，肯定了大赛在塑魂、塑人、塑德方面所做出的杰出贡献，对高校学生提出了保有初心、保有理想、保有热情的期望。聂珍钊教授在嘉宾致辞中回顾了与大赛的结缘场景、大赛的成长与成熟过程，称赞大赛是将每个人诗意的脑文本镌刻在大脑里的人文活动、重要赛事，并邀请高校学生一起在诗歌海洋里远航。

在浙江大学外国语学院杨革新教授的主持下，高兴、赵佳、袁淼叙、薛冉冉、卢玲伟、任洁分别宣读了创作类与翻译类一、二、三等奖获奖者名单。叶彤、罗泳江为翻译类一等奖获得者颁奖，聂珍钊为创作类一等奖获得者颁奖，姜红、董唯、梁晓明、阿莉塔、卢云、刘翔、帕瓦龙、索菲亚、朱美洁分别为二、三等奖及优胜奖获得者颁奖。在创作类一等奖作品和翻译类一等奖作品的朗诵与点评环节上，大赛评委梁晓明、汪剑钊、臧棣、吴笛、高兴、刘文飞、田原、刘永强、范晔等专家精彩的点评和解读引来了全场的阵阵掌声，将颁奖典礼的气氛推向了高潮。杭州"华语之声"平台上的典礼直播在线观看人数达到 20 万人次。

创作类

POETRY WRITING

诗意无界

"求是杯"国际诗歌创作与翻译大赛

获奖作品集

南山谣（组诗）

郭云玉，济南大学化学化工学院博士生

江上村

梅雨时期，我们轻许着生活的天平，细长的流水
尽头是一个江上人的村子，安如一幅素描
炊烟起，日头落，给人间温饱
道出了熟透的安宁，隔江之外老实的人家
他们种植桑树，打理水田
这里祖辈不曾迁徙，人贫智短
命运也不再延伸，我在内湖遇到的那位捕鱼人
也上山打猎，补贴家用。他的行为木讷
姿势失衡，实在不像经验丰富的捕获能手
交谈中，湖面只传来他细微的轻吸声
与泥鳅一般的小心翼翼
再多的便是一无所知，以及他收获无多的目光
像要把人间摁进水里，折纸般隐匿
他内心激荡着对暴风雨的狂热，不愿提及的往事太多
直到赤红里生长出了黄昏，他的背影
与蚂蚁的赋形又何其相似

此去经年

深冬已尽，南方多年没有下雪
整个广州都是阴雨连绵，这是最深刻的借宿和坏天气
毕业后，我没有继续留在那里的理由
一种车流专用的传送，像省界上的字刻那般尖锐
顺带把潮湿和求学的时辰接回北方
沿途历经长沙、武汉、南阳、漯河……行程一千五百公里
在荒野和城市之间的小径上，都以我为前提
领受各自的故乡和童年，相比十几年前的贫乏和智短
这是多么地微不足道。借着车窗，遥遥望向人间时
只要再下起雨，那种浸泡在水中的逃离感
到达郑州东后，会戛然而止
这么多年了，我离地面越来越远，山丹、玫瑰和蒲公英……
它们各自地开，像层薄雪，倒退着出发
树篱中的白鹭，索性飞得更远
把枝头踩得霹雳作响，有稻田、河岸，它都选择长驱直入
在方寸之地，一抔湿漉漉的黄土
葬之，也埋江河

对　镜

久安一隅。白鹭低飞，把前朝抖落成

整个北方，只占用了人间那么大的——
一小块部分，以此求证被一座城托举的高度
并未真的远离故土
他指给我看，玻璃涌出昔日的车马
和一条滚烫的大街，不断创造出虚镜和小面积国土
剩下柔软与几粒种子的核心
对着身体里的囚徒和症结，已经
揭竿起义
这世界运作得太久，都作寻常
我要回复远方的女子
到我这里，路程长，地图陌生，信要很久才能到达
你一声叹息，苔藓就长满一地

南山谣

散落在青山的府邸，居住前朝的遗民
百姓安身立命，轻徭薄赋
河道桑叶入秋，节气与农事将丰腴的雨水
呼啸的北风，卷地白草折
久来成一面南山
抒情的旋律即退回春天，佳偶天成
一张复古的宣纸
平田畦，划阡陌。经年莺燕之歌

落入一池云锦
它耽于沿途的朴素，自然
多少人把路走成了一条真理
眼神有春风化雨的信念
照着自己的身材，塑了一尊尊观音的泥像
带回到战乱频发的年代，向着
北方大陆的一片水深火热

专家点评

汪剑钊，诗人、翻译家、评论家。北京外国语大学教授、博士生导师，北京大学中国诗歌研究院研究员。已出版《中俄文字之交》等多部专著、《俄罗斯白银时代诗选》等译著及编著40余种。曾获第四届中国当代诗歌奖·翻译奖、第二届袁可嘉诗歌奖·翻译奖。

对于汉语读者而言，南山是一个诗歌的象征。它源于陶渊明的诗句"采菊东篱下，悠然见南山"。因此，作为一个文化的符号，南山承载着中国文人立身处世的寄托，心远地自偏，凭借精神的驰驱来挣脱外在的羁绊，在田园风光的洗刷中剥离自俗世沾染的鄙俗和疲惫，回到本真的自己。《南山谣》无疑也体现了这种集体无意识的积淀，同时更注入了自己的观察和对时代的记录。就写作而论，作者深谙"赋"的作用，每首诗均以一个普通的场景带起，然后层层推进，让一个意象带出另一个意象，将回忆、期望和现实糅合到一起，构成了一座完整的诗歌建筑，结尾也往往点到为止，留下重启思考的空白，给读者的想象力以充分的自由度。整个组诗是以不动声色的叙述展开的，作者把情感压缩在字词的选择上，精心铺陈生活的各种细节，以风俗画的形式来彰显现代乡村的新面貌：风光不再的田园、蚂蚁似的背影、暴风雨的狂热、浸泡在水中的逃离、在玻璃上行驶的车马、陌生的地图……在某种意义上，也反映了"轻许"的现代性诉求和科技文明在发展中的困境。此外，这组诗的句子排列与分行也可圈可点，如果我的猜测成立的话，他应该熟读过中国古典诗的慢词，在长句中进行适度的切分，这样，既保持了诗歌连贯的气息，又让句子不至于因绵长而产生阅读上的窒息感。

当然，组诗也有细微的瑕疵，个别用词显得生硬、不协，对诗性造成了一定的磨损。

隐秘的角落（组诗）

黄仙进，重庆移通学院通信与信息工程学院本科生

历史老师

历史课上，用手抚摸青铜鼎的一只足
教具指向遥远的耳，在不间断的
凝视中，复述夏、商、周的历史
解析乌龟上附着的卦象，"阜九"和"阜六"
而她的身体向我们讲述另一种历史
那才是我们想知道的重点
蕾丝遮挡的一部分，裸露出来。背上寄养的蝴蝶
刀刻的部分是河流的豢养史。胸口探出的梅花
摇曳在雪堆上的姿态胜过所有妃嫔、佳丽
帝王将相放下兵符、玉玺、刀剑、盔甲
变成午后昏瞶的水鸟，从沟壑间飞出
深处的风景无从得知。有的夜晚，顺从母性
用古铜色的毛毯喂养情欲。顺从水，开放抒情的段落
摇曳身姿，流水般摆动、呻吟，合而为一
一头不被定义的牛，驮出身体里
涨潮的一部分

隐秘的角落

四十几岁的男人在数钱，数着警戒线以下的寿命
嘟囔着"能挣钱的日子不多了"
灰尘像花朵般散去，他要尽力扮演好
某人的儿子、某人的丈夫、某人的父亲
瘦小的身体，在盐水中
反复腌制

嘉陵江的灵感

1

鸣鹭回答猿啼，樵歌应喝渔夫。在嘉陵江的轮廓中
学习蒙地漆园吏，化身容器，方可逍遥。面对镰刀
麦子能够说个啥呢？当然政治也遵循自然规律
烂泥里也有先秦的奇异，回归本真。调侃。叠加。愧疚
乌龟会失掉演绎的能力，贴近鱼的通感，坐身于不久
力求填补形而上的虚妄。翕动的荒谬淡化鸟的悲喜
在睡梦中捕捉蝴蝶，或是被捕捉。秋水中睁开眼睛
追求可控制的天籁。哲学不过是两朵桃花，一朵开在眼角
一朵绽放在心门或天涯。齐物的宇宙，玄之又玄

2

山寺的钟声，回到青铜器内部的宇宙
秋水的宁静抑制物欲的膨胀，消解尘世毒性
长短不一的手指，对峙美学，在水中滑翔
或歌或哭，在嘉陵江中进行一次胎动

美正渐失。眼角的一滴泪，抉择，回到水的内部
高度和深度不再细究。给予的柔软、痛苦，搁置在对岸
直到，一双布鞋羽化成两只鸽子的轻盈

多变、散漫、灵性的水中坐禅，身化菩提
顺其自然，山石草木也是空灵。那么
做一些随波逐流的尘埃或草屑，也不重要了

3

天色暗下来，几只喜鹊叼走唯一的金黄，顺从趋光性
看到前世灯火中纠缠的影子。祖先的牌位
在废墟上保存站立的姿势，现代文明的巨型卡车
呼啸而来，工厂、楼房、学校、脚手架寄居的工人
组成现代化城市的美好幻景，与落后、贫瘠对峙
资产阶级和无产阶级，代替帝王、将军、书生
垂钓日落的人、赋闲在广场打太极的人
与在人间火中取栗的蚂蚁，本质上没有不同

朝代不过是一场换汤不换药的游戏。历史的念珠保存循环
杀死一些，生长一些。偶尔会有几只鸟儿躲在树冠
鸟鸣切开流水的皮肤，想要代替溺亡的人，喊冤
舍生，取义。或者见利忘义，滚滚长江，东逝水
千秋万代？流芳百世？痴人说梦。戏子、土匪
保长、摆渡人。一切都在鹅卵石表面风干，碾成微尘

在玛旁雍措的公路上

在玛旁雍措的公路上，阳光比巴顿的鞭子缓慢
纳木那尼雪山在迟钝中，享受造物主浮动的时辰

放牧的老人坐着抽旱烟，眼睛跟着转经筒，旋转。
嘴，不断掏出生活的痛
偶尔用手指向圣湖饮水的牦牛，说它们口中的刀刃已生锈
大雪要来了，这不是个好兆头

风携带着晚祷声，惊起一湖的黄昏。迦吉寺撞钟的回音
像一条黄金大蟒，在耳后不断滑行。继续向前走，会瞥见
月亮从山顶掉落，摔成一条闪亮的河

玛旁雍措喝水的男人

玛旁雍措低头饮水的男人，像牦牛
反刍草的甘甜。黄昏中，一些白从
山顶消失。山脚不被驯服的马匹
舔掉石头表面，盐的词语

西昆寺的窄门，夹断一声驴叫
塔下的喇嘛们敲木鱼，诵经。角落的扎巴
只想着把荷花搬到自己的禅房

更远些，长老们引路，智者班达在
进行尊贵的布施。鹰、狼、蛇赴约的夜晚
枝头倒悬的蝴蝶，剥开前世的茧

消失的词语，或故乡

香火　坟山　棺材　观音土
石匠　背子　挑夫　船工　风水师
老虎　野猪　水牛　斑鸠　乌鸦
苞谷　红苕　麦子　稻谷　罂粟
以及祖父　舅舅　奶奶　满满
最后是抽象的我　具象的我

专家点评

梁晓明，诗 人。1994 年获《人民文学》创刊 45 周年诗歌奖。2017 年入选第三届华语春晚 中国新诗"百年百位诗 人"。2019 年入选"名 人堂·2018 年度十大诗 人"。2022 年获得 2021·北京文艺网诗人奖。2023 年获得第 14 届闻一多诗歌奖。出版诗集《开篇》《印迹——梁晓明组诗与长诗》《用小号把冬天全身吹亮》《忆长安——诗译唐诗集》。

　　这组《隐秘的角落》写得老练、内敛，情感和思考通过现实世界的事物缓慢展开，语言的节奏和作品的结构都显示出作者有一种独特的诗歌理念。

　　《历史老师》一诗通过老师讲课的历史内容与女老师身上的各种装饰和身体本身的符号展开现实与历史双重的思绪，这种双重双叠的思绪在一个课堂上结合在一起，不说它的立意，至少这种写作方法便很是独特和具有一种别开生面的角度。

在《嘉陵江的灵感》一诗中，作者更是充分地发挥出了他对语言的把控能力和对事物思绪展开的节制又恰到好处的渲染，从自然界细小的麦子、镰刀、尘埃、草屑，到现实生活中的卡车、工厂、楼房、学校、寄居脚手架的工人，一直到资产阶级和无产阶级，政治、哲学、宇宙、美学、佛教、菩提等等，在并不长的一首诗中，作者想要包容的内容可算是极为广阔，所谓上天入地，左冲右突。可贵的是，整首诗一直保持着一种冷静，含蓄的笔调，就像一只紧握的拳头，没有让多余的情感和发泄漏出对诗歌整体的把控，显示出作者有一种很强的诗歌写作能力。

这种能力在最后的一首诗《消失的词语，或故乡》中更是表现得极为鲜明，作者几乎省略了所有的中间词，全诗几乎都是名词，一个个似乎突兀地站立在诗中，但读完却能让人感到极为流畅和丰沛。

故而，我在此祝贺这位作者获得了本次大赛的诗歌创作类一等奖。

大漠敦煌手札

梁天，江苏师范大学科文学院电气与智能制造学院本科生

1 问沙

越过莽莽秦岭，薄云如群马骁勇的鬃毛

从远方山脊上飘来，向天边另一座山踏去

河西走廊之后，就是戈壁一望无际，山交织山

山催生山，有几处山头，顶立白雪的，是其中的桂冠

行至敦煌市南郊，你的旅程第一次与沙漠接壤

山柑绽放细嫩白花，月牙泉被芦苇的金衣纳入怀抱

这荒芜中绿洲，掩藏庙阁数座，廊檐披覆老皮

仿佛不会枯败的松塔，等待沙暴历数它们的静穆

一岁又一岁，百年又百年，驼队仍在

驼铃音质似乎不曾改变，掀起头巾的女子

腰肢依然婀娜，眼神宛似扶不起的沙砾

她端坐皮鞍上，身边仅有的倚靠，是苍茫大西北

光阴全作枯木，途经鸣沙山，我轻易认同一头毛驴

眸中的温煦与顺遂。看沙丘和沙丘间，撒播着旅行家的

越野车、滑翔伞，想到埋首广漠深处一辈接一辈治沙人

风沙暗自挪移着，连环山岭那般姿势

那些行路中人，每步沉默都值得一场虔敬的暌违

2 丘阵

风拉响凉月的磨盘，梭梭树全俯下身
认领黄沙——无形中胁迫，流放生灵的嘶鸣
裹好披巾，从露营帐篷里探出视线
黎明在沙漠的脊背上，斜插数把青蓝利刃
攀绳梯登上沙丘，破晓的光辉撞开地平线
直达你头顶，将朦胧天穹箍作一个亮弧
不啻一道贯穿古今、永恒的神谕
贫瘠中偶遇日出，一个人低沉的心境再次盈满
驼队之间，又被何种不畏跋涉的追寻，彼此系紧
敦煌，这块沙漠走廊地带，游隼永远俯瞰大地
沙棘永远平视向前，匍匐跟随
踏过阳关、玉门关，就到了所谓西域
斗转星移，笛声凋敝，如今验牒出关的是现代旅客
阳关烽燧久已冷却为古早遗迹，孤身遥望漠北
星汉下，像一座残巢钉住古丝路的余温
苍穹只管张弓搭箭，把时间推入轮下，把历史
埋成土丘。一缕风就是一块磨刀石，在敦煌魔鬼城
列列遍布凿痕的丘壑构成雅丹地貌，你于丘阵中
感受河流的先祖、风的先祖，云影演化不息
大漠在调兵遣将，而你我如纤埃飘然联结

3 佛崖

石堑纵横，天路难觅，沙山和僻壤相互吞并
生命的蛇行转眼消弭，无垠沙痕在此孤独作画
红柳蓄长发，胡杨枝干虬曲，头顶挂满牛骨的煞白
所有沙漠植被，生长弧度类似，以荒野的纹理缝纫太阳
巡行于云母、朱砂、绿松石王国，揭开三危山之境
裸岩耸峙，粗砾卵石遍地，陈列在风的博物馆
路上行程颇颠簸，戈壁滩，一座富饶的矿物宝藏库
用凿子铁铲深掘颜料矿，那是敦煌古人驾驭过的色彩
麦秸，白灰，地仗之术为这世界的光影筑下衬底
千百年时辰不过一霎，那曼妙宇宙仍神游在与大漠的
对视，此敦煌圣地——莫高窟，睥睨于鸣沙山一侧
七百三十余石窟依恃山崖，遥遥矗立在宕泉河滩
白塔散布，游脚僧的踪迹曾与宕泉不可割舍
石室中的隐者，他们盘踞，摩挲，捻亮内心不二出口
抬头，三危山嵯峨依旧，再低头，尘世嬗更
曾经的，都已遁形至千佛洞穴的，每一种珍藏里
几多守窟人接续他们静谧的事业，我昂首瞻仰
佛崖托举的九层塔，它比任何事物适合揽过荒漠

4 飞天

胡笳羌笛制作的天幕，琴瑟轮番登场，奏出
滚滚飞沙，阳关三叠的深情眼眸里，四处尽是天涯
站在沙脊顶端，风用过往尘埃，编织绫罗丝绦
现代游客留影的姿势，模拟可能存在过的古典美人
你能感到，生命踏足处，皆很轻很薄——
一层粉彩、金箔，嵌在石壁上的塑身、雕刻
逶迤的山崖，石头卷轴铺展开，从前的遐思神往
高大彩绘，飞舞着排列，躯体恍如一股股活水
而又像云烟一样聚集，把精神腾挪到瀚海以外
卧蚕眼，柳叶眉，洇透壁垒的凝视，擎起长明灯
从你面前映照整个金碧辉煌的奇景，一砖一石都是绝迹
头顶宝冠，腰坠长裙，或振臂腾飞，或俯首倒挂
每个关节、神态，都在云卷云舒中流动，向瘦鹤借来
它的疏朗清秀，也有燕子的轻捷潇洒，翻过肚皮
将用锦带维系天和地，祥云点缀，神鹿相随
莫高窟壁画，发端于十六国，走过大唐气象，文人骚客的
宋世，党项族的西夏，元朝密宗以后没落
世世代代供养人，千姿百态的肖像刻印，留存崖窟中
笙箫的鸣奏呜呜回响，阮咸琵琶的弦音，叮当剥落
飞天一齐瑰丽盘旋，不论今昔，所有崇高光辉永掷地有声

专家点评

臧棣，诗人、批评家。北京大学中国诗歌研究院研究员，现任教于北京大学中文系。曾获"华语文学传媒大奖·2008年度诗人奖"（2009），入选"1979—2005中国十大先锋诗人"（2006）、"中国十大新锐诗歌批评家"（2007）、"星星年度诗人奖"（2015）。出版诗集《燕园纪事》《宇宙是扁的》等。2015年5月应邀参加德国柏林诗歌节，2017年10月应邀参加美国普林斯顿诗歌节。

《大漠敦煌手札》取材于文明古迹，但作者的书写角度并不意在钩沉文明遗迹中的史实，而是通过类似四联画的方式，将诗的视角设置在"问沙"—"丘阵"—"佛崖"—"飞天"这四个面向上，由点及面，高度浓缩又层次分明地展示了敦煌文化的诗意精神。既有对敦煌文化的怀古，又有对敦煌精神的生命投射；诗的立意高远深邃，对文明内涵的追思眼界开阔。尤其值得赞赏的是，配合诗的崇高内容，诗人采取的风格也是气势恢宏，犹如底蕴深厚的咏叹调；语词的使用也非常讲究，具有十分突出的效果。虽然基本上用的都是大词，但相对于诗的精神世界的揭示，却一点也不显得空洞、有隔阂。这首诗通过对诗情的强烈渲染，复活了尘封于历史表象下的敦煌文化的生命气息。

下了一整天的风

杜华阳，湖北中医药大学中医临床学院本科生

因为风铃响起

秋天来的时候侧身带起店铺关门时的风铃
风过后乌云在此积雨。因为你用铁器
将昙华林的日子琉璃般柔软翻炒我们潮湿的
烟火也从树叶中缓升。地平线背面
你独自走到火焰消退的地方
在簧管反复撞击的响声中在一年的秋天里
都变得短暂。人群已经从此地撤退
鸽群晚凉如落叶散播开银杏的火柴点亮乌云
遗落的影子像琴声飞入阁楼深处也许瞬间
生活踩过的瓦片会乒乓作响。

就走进秋天

和我走到长江里去秋天潮水已经退去
乌云在我们头顶摇摆如
厅堂里的时钟。飞机以其扇叶整天轰鸣着

吹稀东湖的山林渡口的夜航船
掉落一路搁浅的哨笛声。就和我到长江里去
防沙堤从水中显现去洗净夏天的热量
我们把黄鹤楼的诗句从唐朝提起。
在堤上醒着就秋风游进远古我把火呈入你
的手中仿佛主宰我生活般
搅动我每日的冷意、春天的巢穴。
就走进秋天你以石器舀动长江你赐予。

下了一整天的风

我看到乌云般陈旧的光在雨水到来之前
闪电在潮树皮中延如黑孔雀。
在某一日，我遇见你。某一日在你的到来
还未曾如此迅速地
到来之前松树般我们在风暴中游移的心
傍晚流过房檐的昏暗如蔷薇
碎落一地。在空中缄默着我们平息秋初的风
想象人群在烛火里的聚会结束
你从整日的欢愉中散场来到我的身边。
秋天已经跳到了墙壁上了野猫跟随钟塔楼
回声的新意隐没进街角。唉，快听听你
自己的灵魂吧松树用唱针将树皮中藏匿闪电

的语言逐字分开轻散进草里砖瓦的新家
我们的城镇下了一整天的风。

黎黄陂路

我们围湖而居交换彼此如枫叶在身上
就写满长信。八月过去飞机涉过乌云的城镇
街道泛起石拱桥的波澜
我们提起裤脚从褶皱的黎黄陂路穿行而过。
咖啡店的时钟在墙壁上正在摆入
过去的地界。在东方芝加哥你用过萃的豆子
研磨老汉口的风华我们舌尖有连串
繁忙的车铃铛声送你返乡。进入银行旧址
你典当童年在黎黄陂路吹起的秋风轻轻
就写满长信。日照维度渐南移洋楼在情欲中
修整绿色的胡须我们冷静看
电话亭边寄出多年的挂号信如今飞机般扑面
而来。解下秋的欢怨时间的鼓声倏然响起
我们触摸自己年轻时浑身的湿润。

万物拥有自己的声音

黄昏将至远方鸟群衔长江归你檐下

为明天清澈的踏足秋天

积蓄火焰。八月在磨山热烈的林雾中殆尽

风轻灵披上雨的衣衫你的房间万物

拥有自己的声音。风吹过纸张将冷咖啡

吹成东湖日复的涟漪。关上窗

你体内随手带起的森林摇摆如去年的谷粟

仿佛人们的语言般敲响你的玲珑心。

爱你自然老去

返回庭院芭蕉折下你的皱纹

在水洼散开。我们黄金的年岁在枫叶堆里

潮湿燃烧自己的秘密。

鹧鸪隐入头顶巢穴歇住春闺的语声辞去的

光线收回琵琶缓慢抵达时间深处。

折下茉莉花我把你缓慢地冲开。某些安静的

瞬间你不在意像黄昏散尽自己的遗憾

爱你自然老去。

岁月与风物

刘林云，中国人民大学国学院博士生

I

听见钟声，不是它的哭泣，或定时提醒。
是时间的脚步音，在一只闹钟的心跳，
以及我体内盛产的每分每秒里。
它拥有三根月光细指，缓慢驰动于白玉盘中，
令我偶尔飘落轻雪般的思绪，思念起谁
竟恍若邂逅另一个自己。夜深无眠时，
它格外清澈，聚拢房间里每件事物的静寂。
祖母、母亲留存了温暖的掌温，在空气里翕动
她们日久弥新的爱意；时时勤拂拭，切莫使
尘埃荒芜每本书、每只花瓶，以及每张相册的脸。
为窗外的夜色所襟抱着，一支笔蘸濡半江渔火，
我时常沉浸梦舟重返桃源。清醒着文字，
那些将书写我一生的桨声与诗句。
这闹钟是我的里程碑，崇高的恋人；滴滴答答
絮语："从所有的器物我听见逝去的流水。"

II

夜火车，日日夜夜。铁轨冗长的旅人与货物，
运不走这座城（它却愈发身心膨胀）。
他就是这样，以农民儿子的身份住在郊区，
熟睡中感知到火车呼啸于野。他独自等待着。
一场雨应援群山渐裸的背脊（它们褪去层层衣裳，
为工业机器所欲望）；和他一同化身
黑暗中淋漓的景致，默默对抗着尘世喧嚣。
更多时候，他没法独立思考，葆有孤独者的勇气。
必须加班努力工作，为（他依附的）廉价商品
支付多情的血汗，与泣泪。雷声滚滚而来，
袭击他漏水的生活，晚归时疲倦之躯承负着
一束苍老的闪电，击中他临窗的影子。
不知为何，他沉迷在骨骼拔节的呐喊里（宣示灵魂
磅礴的信念，以瘦小的目光），坚信：
即便离开村庄，自己的河流也不会因此一夜白头。

III

疾病报告单。躺在他双手里一串
文字：正在成形的命运一种。
同坐在石阶上：贴近父亲，及他的影子。

黄昏抽着他，恣意消耗；他的身体
成了一枚不再年轻的烟卷。
总是如此，他嗜烟如命。看他，像看
很多胡碴男人浑浊的眼神，习惯把故事
与心绪泡在烟圈中。动情时，他咳出一朵朵云，
腥味手铐。那份雪白，是儿子无法忽视的疼。
摁到泥土额头，把忧愁和烟蒂一同熄灭。
他答应从明天开始戒烟。如七年前，
摆脱麻将，告别酒。因为家庭，与命运。
学习着，一次次理解他艰难的背影，
年轻的街口，儿子与一条路通向生活之真。

IV

今日尾声，工作打烊。时间
偷走我身上的一些重量。
梦中将有小酒馆，抚慰人心。她那么娇小，
像易醉的花猫，枕靠床头，你翻动着她；
阅读，已经成了一种固定仪式。
灯光缩成一圈，仿佛也渗入了零点的风声，
与低温。习惯于薄薄的书册给一天画上句点，
替我驱除白噪声，睡前熄灯。诗歌、小说，
更多是人物随笔和传记，随波漂浮

在理想与现实两岸，我靠它们完成最后的
自我修复。偶尔也害怕，伤心，失眠。
她会立马紧紧搂着我，像酒馆里温软的手。
那时我一整晚都躺在她怀里，醒来便是白昼，
填充着整个忙碌、飞驰的世界。
她更像是一个提醒，让我看清身体的脂肪。
长期以来，我把自己吃得很健康，
却愈加轻巧，近似于她皎月般的梦痕。

山水里的父母（组诗）

潘云贵，台湾中山大学文学院博士生

认　领

乌雀掠过，拣尽村庄冬日的枯枝。
裸露的崖面被绿云悄悄覆盖，仿佛
遮住一场睡眠，让坚固的梦睡得更深层。
关于三溪村，关于七星寨，
所有的鹰飞鱼跃，所有的鸡鸣狗盗，
都在梦中接近着空。

出门望江山，季节正穿上连绵的青衫。
一种青推着另一种青，一种绿搭着另一种绿，
在每一条道路上兜转，在每一片丘陵中呼吸。
很多石头还没有名字，很多青草还需要同伴，
我认领它们，并认领瀑布、云彩与星辰，
认领一个个日子，认领父母亲今天的模样——

他们走入山川原野，使用镰刀和斧子，
也被镰刀和斧子使用。

青山用旧了他们，村庄用旧了他们，
生活用旧了他们，时间用旧了他们……

我领着被用旧的他们回家，
像领着一只只山羊，也仿佛领着一个个音节，
拼读一条山路的迂回，拼读一片乡野的宽广。
旋律苍凉又舒缓，仿佛歌唱。

每一声中，我都听见——
有山顶的牛在哞，有林中的鹿在鸣，
有跟着我们一路小跑的溪在唱和。
每一声中，我感受到——
生来驼背的自己正不断挺拔，
与座座青山是同类，也是兄弟。
路上长出更多的绿，风一吹，
它们就围过来，动了动还很年轻的凡心。

藏　身

水面静置青绿的倒影。
偶有风吹，这些青，那些绿，
就在透明的宣纸上一点点晕开，
一点点露出今天谁的模样。

山的眉边在此婉转，云的华发在此弥散。
把一些词放进水中，
它们有的漂浮，有的深潜，
而多数词在起起伏伏，如我的父亲。

自然的直线分割着山水，
时间的直线分割着父亲，
又用一双隐匿的手，将他撕扯，
往前，往后，向上，向下，
父亲越来越碎。
在漫长的盘山路上，
我的半个父亲在流汗，半个父亲在喘息；
半个父亲在负重，半个父亲在忍痛。
从山脚到山顶，他距离我，
越来越远，也越来越高。
由一粒尘土到一颗星星，
后来又由一颗星星回到一粒尘土，
我因此认识了人生的轨迹。

在爬山的途中，父亲的每滴汗都在展示——
缓慢，啰唆，疾病，痴呆，失忆。
刻板，承受，沉默，平静，消逝。
没有形状的修辞，仿佛安详的暮色，

笼罩着山川的每一个角落。
在故乡与子嗣面前，
父亲只剩血脉与青山相连，
没有财富，没有荣耀，
一洗再洗的廉价棉衣下，
包裹的是夸父的命运——
一生追逐，一生徒劳，最后倒下。
那些骨头化为岩石，那些血液变成暗流。
而白的发是霜，黄的肤是土。

在生活和梦境之间，在活着与死去之间，
父亲早已把自己当作一个词，
当作一棵树、一块石头，
甚至是青草，是虫蚁，
放进了深山，并等候生命的雨落——
一滴滴雨点都是句点，是他的，
也是村庄中更多父亲的。
这一点点的青，那一片片的绿，
正藏着我一个个的父亲。

数星星的羊（组诗）

王正全，滇西科技师范学院政法与公共管理学院本科生

数石子

回村的路上，你低头
数遇到的石子，荆棘的小路上
白霜如雪。你不知道哪一颗，能够阻挡去路
所以，你拼命地记住每一颗石子
看见乡邻，你宁愿遗忘已数的数字
也要打一声招呼。及家，你在凳子上坐下
拖下鞋子，抖落几颗，不必诧异
每一颗都在磨砺着，敏感的肌肤
石头的冷眼，你已习以为常，也不必围观
路边盛开的玫瑰

隧道口看火车的男孩

青山转折处，男孩看着蹿进
隧道口的列车，脖颈处飘扬的红领巾
在风中摇曳，时代把各种器物削尖
有了深海的蛟龙，有了飞天的火箭

有了钻牛角尖的人，有了铤而走险的人
有了隧道口守望的人
更有了在中国版图上羁旅的人
他的父母，在春天乘着动车
去了沿海谋生。他拼命呐喊着，春风涌入嘴角
声音击破玻璃窗，风化作一滴眼泪
我父亲的父亲，乘着火车，在县城贩卖手艺
我的父亲，在穿过无数条隧道后
去到沿海的码头，堆码生活的几何模型
我乘着火车，蹿入生活的隧道口
守望着几代人的背影
隧道尽头，咚哧咚哧的声音
沉默了一会儿

横断山夜雨

风淅淅，雨纤纤。先生，我同你一样
是雨夜难眠人。记不分明的虚空、空白
在头颅中翩翩翻转。味蕾中，细细添加的
是夏季到来时的火药。蝉鸣是苦的，聒噪的苦
蛙鸣是甜的，稻香的甜。躯体是六月的横断山脉
长满了绿色的、白色的、红色的菌菇
先生，这场雨。下与不下，不重要了

隔着一重帘的幽怨，终会雨落成珠
淌过生与死的河流

乘火车过祥云兼致友人

白云深处，横断山脉化蛹成蝶
南下的澜沧江水系，在这里横织成渔网
南诏亡国时的月亮，在版图上升了起来
照耀着一条思考的鱼。列车颠簸，石子滚落的声音
回复着一个青年男人的思考
三年前滇东北的雪花，没落在村里人家的烟囱上
风从山顶吹向坝子，我们同榻而眠
谈论童年的趣事，树杈间的一抹寒光
难熬、漫长的冬夜在狗吠声中，悄悄地爬上村头的杉木
冷白白的记忆，溢满了整趟奔跑的列车
一年前，在滇中的小酒馆前，生活的锋利让我们缄默
天方夜谭成为史话，我们承认了自己的平庸
拿起杯子对饮，在分别的时候
哽咽地互道珍重。转身泪水打湿了生活的经书
列车如水、如梦、如月亮，缓缓淌入你的故乡
你的祥云、青砖黑瓦的小世界
我侧身吟词造句，空间暂时吻合
我们交换起成年人的气概、无奈、幽默

归乡谣

小河潺潺的水声，不再悦耳
面对它，不再是静默的童年游戏
而是击穿神经元的一枚子弹
在河边，你彷徨、你无力
匆忙地往水中丢石块
来填补内心的空白，河水不作响
水波中，幼时背你上学的人
腰日渐佝偻。生活的陈茧，爬上他们的双掌
你所经历的炊烟、飞鸟、白云、蓝天
成了梦境的佐证
蝴蝶一样命运的少年，在田埂上飞舞
一声沉闷的雷，让你承认了平庸
你疯狂地投出简历，即使石沉大海
东奔西走参加各种考试，即使孙山之外
你狼狈到了骨子里
怯弱在逆向生长。你想停下
看看尚未荒芜的土地中，长出的谷物
只有这样，能让你冷静

未竟叙事：致朴朴

吴清顺，中原工学院能源与环境学院本科生

我们消耗着意义也成为意义。

1

我们还没醒。而爱已经降临了
迟钝是平原的哲学，灰蝉领受生命
蜷伏的相遇，而震颤往往在一瞬间
产生。清晨蓄满往事的黄昏
我们保留世界蜕下的空壳，在遗址上
成为寂静本身。

2

是谁的头脑昏聩，在捻亮的时辰
谈诗？我们笃定诗歌是永恒的事物
而廊檐下，乌有的烛火从童年跌落
语言的歧义让我们杜撰沉默

秋日良辰在我们口中虚构。很多个夜晚
我们谈论彼此的雨季
我们是古代屋檐下缓落的雨水
从抒情的《诗经》里，一直滴落到公元 2022 年

3

"七月正午的阳光，还没那么耀眼"
你总是晚睡，在梦境的溪流里，构建
审美。我总是犯困，在幽微的话语里
重复失落。哪种命运会途经我们？
内心之石燃起燧火，有些隐晦开始明亮

4

摊开褶皱累复的日子，摊开一片洇湿
的疼。你讲述春天的决裂，仿佛锈蚀的月
在黑夜一点点消退。为此你决定藏身黄昏
山林的雾鸟突然袭至眼前
我从群山窃来裸露的病变

5

月亮并不总圆。走路

就是漫长的一生。走夜路，还会感到冷。

多年来，漂居，浮游，忍受饥饿

怀草木之心，饮酒，嗜睡，近乡情怯

老扎的诗集还在书架静卧，疼痛仿佛

提纯的盐。窗外白云翻飞

湿热的暮夏牵风归来

沉睡的遗憾无人修改。

6

"おかえり"（欢迎回来）

我们放生诗歌，发掘夜泊的大雪

是谁贪婪地靠近温暖？在更静的时刻

久久沉默。灰烬里曾经温暖过我们的炭火

早已委身生活。是谁将爱发明

亘古的蝴蝶降临——

梦里我们隐身，失踪，又旁观雾霭中

一声谶语的命运：直撞峭壁

7

小狗的夏天：热，伸舌头，舔舐溃疡
睡觉，做梦，在空调房重复记忆的雪崩
翻书，折旧词语的张力，寂静授予
我们松弛有度的距离。而距离，是保持美的
唯一方式。晚祷的钟声响起
你虚无的脚步倏忽落在我的心中

8

而雨季很久没有到来了。立秋的时候
一切没什么不同，暴雨在乌云里酝酿
人们依旧钟情于神经末梢传递的快感
我们分泌出多年前就存在的灰褐色积液
即逝的八月，路过沾满霉斑的夜晚
所有的年代，都因我们的转身而避之不谈
多巴胺告诉我们，幸福需要持续地锻炼
我们练习拥抱，而夏天早已奄奄。

9

亲爱的，我吃光了麦子，就要饿死山岗
而高高的明月把你照耀。
有时我睡着了。有时我是无枝可依的野鸟
故乡水如镜，镜中，我们河岸行走
爱在积雪里闪耀
有时我是守口如瓶的稻草，只有荒芜的野地
陪我变老。九月还活着，攥紧麦子吧
人间多余的秋风
会让我们老去或者年轻。

菱形的世界（外三首）

熊春晓，武汉生物工程学院文学院本科生

元月。初上云端的月亮还有些羞涩
江水因此更加安静
倒映其中的，巨大的天空
深邃、沉默、久远
我仿佛可以从中看到
很多年前的自己
被植物和岁月遮住的面孔

我看到的生活，值得怀疑的生活
和我偶尔写下的细节
常常充满了对立
而现在正在凝视我的
跨越维度的，魔方里的眼睛
闪烁着菱形的世界
一条条铁链从里面伸向我，就像密集的
苦难和嘶吼

对角线

——这是最好的时代，这是最坏的时代
狄更斯笔下的工业革命
在时间的齿轮上转动
拉长了一条与我连接的线段

小路上的草之前被清理过
"鹿"字理应读作"马"——雨同时落在热带
与极地，就像古城罗马隐藏的文字
与皇帝吹响的号角同时出现在
一首描写消亡的诗里

魔术的虚假性

看魔术表演的时候，我一直在
告诉自己，那是虚假的，是一次时间赋予的错觉
我试图以此警戒
那些与我形成联系的，涉及道德和
个体约束力的事件。那些掌握着话语的人
作弊的瞬间

受控的罪犯，也是被孤立的囚徒

他看着我的目光在深渊里
拉起向上攀登的绳子。每一次记事，都有令人
望而生畏的血痕
以前是什么我不敢保证
但是现在
我叫它"小花梅"

死亡哲学

昨天听了一堂牛津的公开课
是关于死亡哲学的。课堂上用了很多公式
从简单到复杂
到我完全无法理解
言至深处，我便睡着了
这和我学过的量子力学有些相似
那些由简单函数不断叠加
复杂的引力场与射线波，弯曲或伸展
都可能成为一个死结
——我总是觉得我的生活就在这些死结里
有意识地，藏起了很多悲伤
就像下雪的秦岭，下雪的长江，下雪的丰县
藏起来的悲伤
已经足够让这个世界，重塑一次

冬日史，或是侧影

余林东，中国海洋大学水产学院本科生

1

他说，你不要放下那遥远的冰块
夜已经很深了，学会关心玻璃的变化
窗外雪下得正盛，像世界诞生之初
我们都退回各自的领地，拥有整片的空茫
壁炉里火光跃动，包裹了小屋里的一切
你和我，还有白盘与日渐颓败的晚餐

2

寂静的时间里，谁不是跌落的失语者
黑色河水流经你我的空荡，流经所有
雪不停，这厚重的白深埋了多少人形
睡眠，这有罪的理由替我们抵挡了大部分
我们期待下一次复活有崭新的描述
门如常关上，留下永生的大雪和黑暗

3

清晨渐渐变得缺席，雪仍然在下。
是什么让我惊醒？窗台那只雏鸟的试跃
还是厨房里翻滚的沸水。风悄然路过
呼吸的角落，给阴影蒙上了一层薄霜
梦的森林都在雨落下之前出走，留我
面对荒原，试着塞下一天中的某餐

4

静默是闪回逐渐清晰的午后，那灰烬
断斧，那于海消亡尽头螺旋的上升
都成为此刻雪落下的必要性。喘息的
镜中，绵延而又不断流逝的虚像
引我走向极致的雾，歧途的洞穴
他告诉我，光是迟疑中融化的雪

5

傍晚，穿过花园被忽视的陌生感
身临一棵树枯尽的沉郁，短暂的闪电
挂满水珠，拂拭所有热闹的遗骸

侧身而过的枝叶诘问我的底色
没有更多秘密可言，现在我只想
推开门，融入一场支离破碎的雪意

6

深夜的显微镜与我互为证词，在这
放大的孤独中，我努力凿开坚冰
吞饮。两年来水已经攒得够多
熟透的昏黄里，枝头雪开始练习下坠
雪不会悬在半空，或落到地面
——雪，全都落在了我的身上

汉语之美,写我遍地乡愁(组诗)

张元,澳门科技大学国际学院博士生

闻道故林相识多
——兼怀宁波

我不能在您面前说出痛苦,说出远方
悲伤的缘由,还想再爱您一遍
从天一阁、老外滩、东钱湖……再走一回
我已经离开得太久,乡音压低了沙哑的喉咙
一生只能拥有一个故乡
和一个人相爱,为一段信仰而活
我认识这里辽阔山林中每滴苍老的露珠
认识定海的草木那么熟悉,还有亲切的家门
童年的玩伴,黄昏中期盼的阿姆
等待着年轻的游子归来,时间加深了
太多热爱,我承认
自己是个念旧的人,是个有根的人
犹如漂泊天空的风筝
每一寸收紧,都是故土的一声呼唤
旋律那么温柔

美酒一杯声一曲
——金华行吟

可以有这样的一个下午，我们在双龙洞相聚
太多的想法，都可以在今天说出
往事越来越清晰，又有一些故人从回忆中赶来
可以举杯邀约，那些年喜欢的女孩
为她再吟一段旧日的恋曲，那些年的爱恨情仇
能忘，就忘了吧
可以重新回到百丈潭，在八卦村寻找乡愁
来证明自己苟活人世
我的声音已经很微弱了，太多时候
耳朵都不能听见嘴唇的呐喊，彼此都对不起对方
喜欢横店的演员们，盛装之下像极了长亭里
归来的旧友，喜欢一些陈年的音律
像一条线，把不同时期的我
串起来，让他们互相认识
不至于再次伤害，那就共饮一杯酒吧
我对自己说道
狠狠地，又满了一杯

远客思乡皆垂泪
——古越绍兴

水乡成了回忆最柔软的片段，请允许我
一次次想起，那时古老的波涛
咆哮着淌过历史的长河，请允许我
在兰亭饮酒赋诗，在禹陵悼念遥远的祖宗
祭拜血脉奔腾的热爱，在绍兴
找到通往从前的密码，我将和你说起
一座城市的今昔，转瞬间起伏的兴衰
看一条河沿着怎样的方式，描述了一段
完整的过往，我们的命运多么相似
如同倒映水中的月光
在天空漂浮，而无依靠的枝头
浦阳江水哗哗作响，空寂的回声
擦伤了异乡的耳蜗，打乱了夜色本来的安排
像是掌心的皱纹，握紧拳头
载不动，许多的愁

苍茫云海间
——温州品雨

雨的形状可以相似，但味道截然不同，在温州
可以用心品尝，每一滴从天而降的甘霖
不要怕被淋湿，回忆早已不能全身而退
多少次半夜醒来，想起雁荡山的秋天
就想再被雨淋一回，潮湿的从前
会被雨水洗涤得清秀起来
如同江心屿的白云，还可再摘一朵
用来堵住你逃离的去路，而心事
也不必过重，残存的悲伤会被时间削弱
最终消散于天空，现在
你只需要让脚步再慢一些，想象再轻一点
就能和自己握手言和
在大雨结束之前，抵达南麂岛
海面风平浪静时，和一滴雨，互相辨认影子

归，于夜色中（组诗）

曹畅，中国药科大学基础医学与临床药学院硕士生

南朝·佛寺铜镜

一面镜子失去了映照事物的能力
静静躺在六朝博物馆的一隅
游人走过它，很少驻足，不远处的金宝瓶
更能满足他们对于千年前繁荣佛寺的想象
它被冷遇，如盲眼的老叟
在絮絮叨叨那些名不见经传的故事

信仰在镜上覆盖一层光芒
之后战火覆盖了时代
泥土又把所有的战争与悲剧覆盖
如此循环，在精致的铜身上留下狰狞伤痕

再没有老僧在它的身前日日自省了
多少香客，贫困、富贵、车马奔流，皆为云烟
那残缺的佛脸，正在铜镜的身后
蹙眉哭泣——泪痕成锈

人流渐少，灯光渐暗，镜上裂痕慢慢模糊
四百八十寺都恢复幽静
无声，一个时代却更加逼真地重现了

错　误

整个草坪都是活跃的绿色
只有在角落的一条狰狞车辙，带来泥泞
以及病恹恹的草叶
这个巨大的伤口，是一个错误

春与夏的过渡，生命是最欢腾的
然而那个印记，依旧存在
甚至渗透了植物，让地面
都显得低洼而残缺

秋天的残霜，冬天的雪
依次在草坪上称王，终于在新绿
诞生之时，那种违和的伤口彻底消失
错误的弥补总是需要太多时间

云层图谱

云就像一块块拼图
依照突然兴起的念头拼成若干形状
鱼鳞斑幻化成肥沃的农田
大风一吹，又成了白色的澎湃之海
夏日多暴雨，那些云便幻化成一张张凄苦的脸
对这个世界投以冷漠的注视
待到天晴，抬头便能看到空无一物的澄澈
最高邈的云，是四处赶场的戏班名角，放浪形骸
却不乖张。在地面上如同黑色的顿号
欣赏云演出的人们，也有许多念头缠身
可惜人身塑造不成其他形象
人只能塑造成沉重的、无法恣意飘扬的自己
再抬头看诸多形象，繁盛至极却无争斗
或许只是人心的善面投影所成之国度

归，于夜色中

今夜天空格外干净，街道格外静谧
低入尘世的月，斑驳如奔波的瞳孔
它望着我，带着一丝同病相怜的色彩
无论是人的日出而作，还是月的暮生朝死

都是必定的规律。许许多多的沉睡
以及睡梦中的绚烂在此刻不断生根

发芽、成熟，长出名为惬意的果实
尽管终究要进行下一场繁忙
但现在：我在归途中
火车站没有试图阻拦我，晚风亦如是
父亲打来的电话格外响，惊走了许多树影

他问我到哪了，可需要去迎我
语气极为克制，又带着断断续续的激动
我让他和母亲先睡吧，回去的路
还要花点时间，但很平坦，没有危险
我甚至不需要再用手机去打车——
给自己招来一份嘈杂，如同朝圣者慢行即可

渐渐有了几分困意，脚步踩在丝绸上
思想在工业化的小桥流水里漂
终于，到了熟悉的拐角，四周一片漆黑
家里那一扇老旧的窗还亮着，十分耀眼

隔

戴明江，齐鲁工业大学轻工科学与工程学院本科生

1

距离让我们感受到万物的美德，与冰冷
后者似乎不应该在五月袅袅升起的
热雾中出现：夏幕悄然而至，以阳光
作为阴影覆盖一切，温度使得那风声与
目光尽头的城堡云迹邈远，空气黏稠

如马鞭上的抽泣挥之不去。空旷的道路上
学生成群走过，遮阳伞下屏幕光晕黯淡
将杳远的一声鸦鸣，或微信中几步外
朋友刚发的抱怨收入耳中。面前冗长的
队伍不竭蠕动着，使割草机的嗡嗡声

都成为享受，至于青草弥漫的汁液气味
那破碎感浓郁得令人窒息。而对于
诗人而言，生活似是一张隐现的筛网
将时间的骨骼从过于刺眼的阳光中剔出
前者赋形为李商隐或杜甫常常谈论的

那些，山，鸟，草木，云天变幻，而雾
是在每句诗行中固有的潮汐：将词语
捣碎为光线或枝叶，然后打磨成一种
微妙的弧度，每滴抛起的尘粒在修辞中
弥合，而飞升为天幕外倒悬的迷宫

2

这些从古书中传承的风景，已经失落在
水泥丛林中了吗？它们或许并不遥远
仍然隐于群雾之后，幻化为五月薄暮中
落下的雨丝。另一种程度上它们已经
隔断如远古的钟鸣：鸟迹与暮色只

作为点缀在灰色标准化瞳孔中的神话而
在城市中生存。流淌千年的速写山水
仍在诗中延续：我们将伦敦、莫扎特
与语言学一同汇入熔铁的炙光中，提炼
出带着铁锈般古意的乌托邦，避世般

纯粹而沉没。尽管已经不再追求某种
永恒的诗意或秩序，热忱总将人们
置入相异而同归的缧绁：过于敏感的

时代距离而缺少永恒；或借他人逡巡后
的夜色，来描绘眼前新生的无名之雾：

不乏经典，却缺失了某种风暴般的震感
南山与菊的暧昧，在今天已经不再料峭
也许自然仍隐没在钢筋与电光之后
宣示某种母亲般的包容性，静默陈述着
世界的赫拉克利特式谜题，令无数诗人

着迷于那知觉燃烧背后的笼罩之雾
但无可否认的是我们已经击穿了自然的
影子，并且它们将同万物的余烬一般无限
销蚀，溶解于语言降生之初燃起的秩序
火光，不再啼鸣。而我们只是复述着尘埃

银灰色的月光（组诗）

范庆奇，香港都会大学创意艺术系硕士生

树影婆娑

每至傍晚，不可说的事就多起来
落叶不可说与流水
春风不可说与桃花
而人不可将心事一一说与白纸。
毕竟想要表达的想法和词语
终究是难以出现在同一个平面
生活如此惨淡，何不佐以坦白
穷途末路也是柳暗花明。
树下的杂草长势凶猛，长出了
胡须，长出了刀枪剑戟和
草莽之心。
它们在一次次反攻中往上逆长
也在一次次地枯黄中自证衰弱。
一棵草又怎么能长到工业的高度
无用的尝试那么多，只不过是
另一种杀头的罪过。

山水间

不知鸣叫发自何种动物的胸腔
这里没有窗户，关不上风吹、草动

眼前的山不再具有登高望远的魔力
我是俗人，瞬间丧失爬上去的冲动
脚下的水不再向东流去
我很难坚信山水有相逢

美丽的风景终会消散
我能做的只是让它们存在记忆中
一次次死去，又一次次复活
这分娩之痛和辞世之伤
犹如同一张蝉蜕，牵引着播种和收割

我想要准确握住一把风的厚度
十指合拢，它消失不见
抓住了空无，也抓住了沙粒
正是这样的不准确让我心醉

山峰与孤鸟

你将自己视为一支弯弓待射的箭
用劲的过程中体会着永恒的柔软。

你从"囚"字中看见孤鸟盘旋的天空
也从"阔"字中洞察到囚禁孤鸟的牢笼。

山峰拴住远去的云霞，黑夜更像是
越狱的同伙，你用英雄迟暮的步伐
解救出短暂的流火。

记不清是第几次走这条路
每次路过，新的生和死都同时进行
黄车轴结籽，夹竹桃开花，而你
则是作壁上观的缄默症患者。

银匠的手

古城新修的房屋林立着许多银坊
高不过树木的房子，也必
低不过杂草。我看见
两个银匠，一老一少

老的在白银上敲出了空无
少的在白银上敲出了空无。

老银匠抬手之间顿悟出
永恒的失去和短暂的得到
我无法仅靠臆想把更多的精神残次品
附加于他的手上。时间使他困于囹圄
睡和醒只不过是生命状态的切换
今夜风大，怕冷的人裹紧衣物
它造化万物，也摧毁万物。

我贫弱的家乡，人们只种果树
渴求每餐食肉，搬到城里的我不种果树
它们弯曲的身体，承担了绿色和希望
变形的体内怎么掏得出多余的果实。

写给兰州

月光是轻的，照在身上的路灯是重的
天空像天空那样深沉
我对着它大喊三声
往前数十三盏，光在颤抖
摩托车带起的灰尘飞不过一棵灌木

多少个夜晚，黄河水始终没有退去
岸边的鹅卵石被一次次冲刷
上面的纹路清晰如同树的年轮
破了洞的羊皮筏子在水中起伏
雕花的轮船从它身边驶过
我无法理解一只羊对于水的渴望
一如我无法理解人对往事的无数次回想

武胜门之别（组诗）

宋哲枫，湖北中医药大学信息工程学院本科生

武胜门之别

吸吐武昌最后的一缕，因果被风推门而出
的骨架，软硬适中。粥米盛起八贤亭
偷潜入昨夜你发间，潮汐把眼光放到夕阳
暮色就随瀑而下，雨水连夜地消瘦
到干涸，青筋流出时辰，火车刺入腹地
紧绷的壁垒合成皮囊，黄家湖注入你
体内一半的海浪，再吹皱剩下的风
小东门耷拉在褴褛的背脊，后退，停止，前进
现在不止一五八五的撕扯，指针指向我
也指向，眼底空旷的野。老街深邃
深邃如昙华林的老街，无音讯的一刻钟
山川揭开彼岸，所有光跑进来
还有那些疏漏的分秒，大地传来你轻声唤我
武胜门就在塞满的肩包里轻轻摇晃。

十　年

旗子升起时你会升起，用风抟扶
陌生的年岁，又躺在草堆把恒星举过头顶
就这样腾出夏天。衣橱里常有你的来访
如今藤蔓从墙体爬进，将我架在走之底上
我们退如有进的日子，在老翁桨下
急骤成你衣摆的水纹，风雨又将它推至你眼角
云海坠落，晚霞就如此推磨在你怀里
我们微摆如荷叶上露珠，将世界的底盘扫视一清
拥挤在这样易碎的球体滚动，也许会躲进
明日凌晨的玫瑰丛，干涸在地平线上
日落，夜色就垂直下降，半生的逆流因此平缓
我们如平原一样匍匐，风起，林就动
摩挲夜里细微的颗粒感。窗外还是磅礴起来
我知道这又是一个潮湿的梦了，十年
钟表失修，灯泡失灵，门屝脱臼……

黄家湖

风攥着枝条呼喊，解落一只水蚤的茕茕
过石墩，和铁栏杆上的红锈，一片
狗尾巴草，在我身后路灯的影子里

反复摇曳旮旯，水底的鱼蜿蜒而不窜出
找到栖息地的鸟儿偷窥
破旧的木船桨在秋天里长久地，和夜一同翕止
蜻蜓衔来不知摩挲了多久的梦，咬合
树皮里剥落绞死的尘埃，拉长旋律
我乞讨来的雷电，又被下一次风吹灭
云儿把月亮吞入，又吐出几两世人的皮肉
我们遂把塞壬般的歌声，泼在拥挤的湖面上
在我将要和秋泥一同窒息的时候。

夜　云

对折一汪水，夕阳落款般隐去
暮色垂直下落，搓出干冷的气流
在此刻囚禁窗子的一抹云
挺直了背，转身向沟渠饮一瓢
软硬适中的丘陵，湖水早化在雪水里
午夜止步岸边，似一个老者
在河面上打捞渔火，紧挨着他的前半生
独自咽下一座城市的孤独，
吞月吃剩的影子，偶尔剥桑树的皮
一个心的底座搁浅于胸口，相俯视
架起松针焚烧图纸的神灵

九月的鱼腹进柳絮，一双观摩时差的眼眶
整个水面都在其中流动
听远处的穿林声从巨大的海平面升起

山中（组诗）

王珊珊，澳门大学科技学院博士生

黑白分明

无数根细发被揉作一团
白色捻成灰色，再由灰转黑
砸向我，穿过我
离我而去，不再回头
最后一次沿着祖母曾牵我走过多遍的山路
抛下一场如豆大雨
再奔向一场属于她自己的葬礼

我在山的这头眺望
望着泥土被挖出来，祖母被埋进去
又一个土堆从半山腰凸起来
此后，祖母所有的心事将种在这里
将发芽，长出青草
它们静默不语
我也知道祖母想说什么

樱桃红了，四月不能摘
在镇上读书的孙子孙女五月才回家
四季豆和南瓜最好煮烂
否则檐下那两只幼猫咬不动
寒冬腊月，记得扔一把玉米籽在屋前
小谷雀们蹦蹦跳跳，像调皮的娃娃
老房子不至于太孤寂

为了陪伴空荡荡的老房子
祖母的彩色照片被印成黑白，挂在白墙上
仿佛她的人生非黑即白
屋外，暴雨将枝头青核桃打落到泥土地面上
核桃皮汁液溅到四周，陷入一整个黑夜
直到雪花飘来覆盖、融化、渗透
直到次年二月，田埂边的白杏花陆续开放
海在一千四百公里外
每到深夜，逝去的人就又回到了诗句里
我哭了一枕头的泪水
还是没能把祖母从诗句哭出来
因此，我哭得更绝望
仿佛下一秒就能为她哭出一片海
这一生，祖母未能走出群山
只有山间溪流、山谷小河被她青睐

她不知道，这些流动的水如果足够幸运
将汇于不算遥远的金沙江
她从未主动、直接提起过大海
只有提到我时，她才会说我住在海边
老去的双眼忽然年轻了二十岁
这明媚的期盼，不是要去看海
而是在算离我回家的日子还有多久
十根手指头，重复数了无数遍
我还是没能准时回去
她把新冠疫情称为病情
她以为只要病情好了，我就能回去
她说能等到我回去
在一个仙人球花初绽的清晨
新冠疫情尚未结束
她和她的病情一起，结束了期盼
结束了她贫苦的一生

翼状肩胛

那对翅膀终究没有长出来
早早折断，隐匿于胸腔
它们迟早会对着白云大声呼吼
源自苍穹的回音穿透山谷

紧随寒风往前冲
奔向更远更高的山峦
被峭壁撞回，又站到另一侧的悬崖边
看牛栏江水流向黄昏的尽头
黄昏的尽头是看不到尽头的群山
群山所隔的另一边，红绿灯轮流闪烁

最后搭乘面包车离开故乡的那次
山路遥遥，祖母拄着拐棍送我到车路边
我把翅根折断，承诺尽快归家
她病危时，新冠病毒在澳门肆虐
我在隔离屋熬过一天又一天
却没能快速飞回半山腰

烛火点点，狗吠声声
月下核桃树影拂过祖母的影子
星星透过旧报纸糊的窗户
在老屋内渐渐模糊
原来是她怕我伤心，悄悄回了夜空

最后一面，久远到青核桃已经落了两次
最后一次落在祖母耕种了一生的黄土地上
发黑、腐烂，也化为土地的一部分

在这所剩无多的人间

王伍平，惠州学院政法学院本科生

一

一个人注定消失在深刻的印象里
石英刻度仍在犹豫下一次的咬合力
事件性的脚注，便少了死后生者哭的一幕
像婴孩来到世上事不关己地哭
亏欠所有人地哭，幼稚这般地哭
哭得那么悲壮，妄图用泪水擦拭着什么

二

终于我还是接受了默默无闻，在岸边
和自己的虚影做着圆周运动
有时我放下回忆的倒影，眼中出现一座碎片化的国度
并没有从零散的镜面中
找到一个可以调节的故乡，或者一个妥协的青春
供人复盘得失，全然计较阳光的盈亏
大多数时候，倒影抱起我被困在仰望里的视角

有着涟漪状的心电图
好像无神论者的复活，某一次在梦中
看到人间四通八达的道路，在与年轮为伍
自我祷告了非死即生的洗礼

三

应该有所明白，那些永不被人期望停滞的时间
绝大部分在拿最锋锐的事物要挟自己
放任逝者如斯，然后百川复西回，锯末的身份
无一不落在仅"今天"存活下来的我们
坦然接受新的早晨，鸟鸣，问暖寒暄。愉悦的时候
会有一种由衷庆幸的幸福
在这所剩无多的人间，不得为知的
始终在误认为命运最后流放的一个人是自己

四

由于不停地循环式前进，祖父熟知过去的功能在退化
这让本就衰鹜空洞的眼神变得如琥珀
溢出的神秘，活成只暂时收留一个人的老屋
人去楼空后，这个冬天我曾回到故里
见到了荒田上茫然与我对视的黄牛后代

它也有祖父的神情，与我一样年轻，在相互如故的境地
黄昏下红彤彤的，两旁的晚风在煽风点火

五

怀念的愧疚常常让我走不出虚构的春天
溯洄里五年级的同学于那年孤身溺水身亡
他的定格停留在水库，他的父母则认为
他永恒座无虚席在相框中。感性的固执
让他们对于落水的经验保持敌意之后
又迅速恃以敬畏。而我那流水人家的四线小城
有新丰江水库、七寨水库，还有未命名的
废弃已久的与已命名的，嗷嗷待哺的小堤坝
但这些都不会胜过河床带给我类似命运的震怵
许多个"他"，这些年来走在深处
又在放弃露出水面后
隐约突破"洪水线"的上限

六

我经历过淹没腰身的感觉，没有着落像一些人
那些已不得为知的人，这么多年来替我完成恐惧的转移
他们的印象衰朽待坍

仍未拿到时间的拆迁款，于是一直劝我
逃回到随波逐流的路上

七

路灯拟态的白昼
在模糊与质感的交接下，他们说着渐次清醒的话：
"就让我们心安理得地活着吧。"
醉醺醺的高楼，"又扶正了多少次月光下的你？"
没有人回答。酒瓶排兵布阵，你或他也顺理应当嵌入了
某个人不可或缺的未来中
但谁都知悉这一杯夜色
峭壁似的棋局，只会为明天徒增不可妄议的深度

汉语的归乡：从词到语言

易文杰，厦门大学台湾研究院硕士生

我碰到雪地里麋鹿的蹄迹 / 是语言而不是词。

——特朗斯特罗姆《自 79 年 3 月》

一切都在加速。包括匠人造的钟表
我们应当做什么，在天鹅之死之后？
你驾鹤之舟逆流而上，告别加速度
泊于六朝的逸乐，试图捕捉一个词

当今天呼唤着从前，缓慢是诗人的天职
肉身终会消逝。而复古的中庸之道不枯。
在眉黛与绿水之间，随着春天的小碎步——
在池塘边朝向未来，慢慢写着奇巧的书

并缓缓地　缓缓地向最高虚构的云垂钓。
时间停滞。乍暖还寒的空间　慢慢消匿。
忍耐而胆怯的野鸭　荡起慢吞吞的涟漪
慢吞吞的涟漪里　微光闪闪发光。垂钓

感受慢慢落在脸上的阳光。逸乐。观看
过去从夏天到深冬云卷云舒的肉身——
召回那些消散的云烟，慢慢凝成
连清苦都"甜"的光阴。和一只

后人类时代里的鹤，和一小朵落
入南山的梅花，整理衣裳和精神，
一起向元诗和拗句里的无限归隐。或
钓到落日西沉，和一朵逆光的松叶菊

但当城市化的钟声响起。故乡的七层
宝塔将猝然崩殂。长夜中推土机轰鸣
此时，诗的天职是捕捉一明一灭中
脆弱而永恒的小东西。另一种及物：

秋分的尽头——田野上，荒废的
犁让人疼痛……妈妈的枝头落尽
黄叶，以泥泞的泪水给孩子写信
写下铅一样重的词语，最后盼望

汉语之甜来到。此时汉语的天职
是归乡——从城市的逸乐中归来。
像一朵无香的海棠冥想：缓慢

缓慢地绽开，并不为一切残缺

遗憾。最姣美的颜色，不需异香。
如一个虔诚的木匠，只剩精瘦的
手艺。思考介入的义务。像打磨
石头的流水耐心地哺育鲥鱼的刺。

试图写下破碎的心里完整的心，
试图写下老人皱纹缝里的皱纹。
写下黑色的瞳孔里黑云的瞳孔，
写下花一样的田园雪花般融化。

而介入也需打磨语言的弧度。如
静物与清香的松木，如锻造春风
的绿。如春风的"绿"翻阅春泥
如蚯蚓用肉身体会春泥松动的痒

让梦超拔于尘世：雾中的森林从那
河流的源头飘来、摇动的风之力催
促着淡黄的花开。如鸟儿般轻盈的
记忆，如羽毛。和抵达彼岸的秋千

一起飘荡：半朵梅花轻轻落入酒杯。

梅与鹤共饮。醉后崔颢与李白诗赛
五分之一个时辰后，皆可压倒盛唐
在乌托邦沉睡多年的外公，羽化为

白鹤，与黄鹤一起成仙。为凝望的
外婆，重新飞回不朽的楼台与家园
此时，腊肉用花香腌制得刚刚好。她炊烟袅袅——
此时，归乡是诗人的天职。重返故乡的鲁滨逊

从漂流的词语归来。绝不仅是形而上的神秘。
乡愁的肉身，让重回港口的语言如此具体——
宫保鸡丁，美妙且古老的中国的气味，
勾魂的世俗也能让游子流下热泪。

第二天，我也像一个纯熟的匠人一样为
外婆和外公施展手艺：酿就花雕酒之后，
放油烧至沸，爆炒红艳艳的辣椒和嫩牛。
奥德修斯那内面隐秘的猛虎忍不住细嗅。

剁碎豆瓣酱后素油煎。把姜
分成两小片放入数段葱节子，
猪肝入锅。配上醇厚的花雕
和十颗花椒，撒盐炒。成就

没有味精也鲜掉舌头的奥妙。
豆腐软嫩。山泉水做成莼鲈。
甜美的滋味，不仅让胃满足。
心，还想熬一锅浓浓的猪肚

萝卜汤……是呵，代代相传
——那古老的手艺，以抗衡
生活与伟大的作品之间
古老的敌意。

植物的名字

张锦鹏，华中师范大学文学院硕士生

1

父亲几乎认得所有植物
在山上
他向我描绘车前草
龙葵、马齿苋
还有许多名字下山时
已经被我忘记

蒲公英在开花前
我几乎认不出蒲公英
认不出红薯
与土豆，而父亲却轻而易举

他说要辨别这些植物就像
在人群中辨认出我：

不用眼睛，只需听它们的声音

2

用语音在百度上搜索关于植物的知识
好几年前我就教过父亲
我还教过他使用 QQ
教他如何用支付宝扫码
但第二天，就像什么都没发生过一样
我再次教

我不理解他为什么总是学不会
但父亲明白
我辨认不出植物的原因

当他拔起一株车前草甩掉泥巴
我刚打开识物软件
只用轻轻一扫
就能知道植物的名字

3

不会觉得怪异
当人们忘记植物的名字
因为大家都在遗忘

学不会用手机扫码
人们难以理解
因为手机替代了植物的位置

如今，人们把泥土
装进相册
用鼠标种植花园

4

植物的名字
仅是
众多被遗忘的事物之一

读碑记（组诗）

张杨，大连理工大学哲学系本科生

（一）

他坐到石像上
长矛沉默了
肌肉的力量，如此晦涩
沿着血管
肉体的美一路向上，保卫信仰

把
鲜花送给他，孩子的贝壳送给他，最美的女人送给他
两个农民，抬着牛羊，牛羊也在跳舞
唱起歌，我们旋律古老
歪歪扭扭的，海浪
拱起我们，漂浮到天上
谁看见，英雄扭头朝左望去
笑着，没戴帽子，胡子嫩黄

（二）

让父亲自来寻我
解释流浪歌者所说的善
失明的钵盂
我的钱币，都放在里面

写一首诗来召唤
然后用水流烧毁
灰烬随着花瓣漂走，到远方城市
所有开灯的房间，都居住着失眠的女人
文字慢慢显露在上面
原来内容是后天的，茁壮生长出来
语词沉重

只有我知道
是父亲听到祈祷
慷慨赠予了答案

（三）

废弃的钢铁厂房
看门老人，蓝色制服

保卫着无人盗窃的失语怪兽
烟囱停工以后
伪装成一根香烟
是领导发给男人，男人让给女人，女人扔在这里
从此远离火源

下雨了
连我们也离开，去对面的剧场躲雨
剧场在因果上同样废弃
但是曾有歌声，毋庸置疑

我们站在舞台上
灰尘厚重，被丢弃的手帕
木板命令我们律动起来
一起跳舞，四肢僵硬
它高兴得咯咯乱笑，木板喜欢
喜欢一支生涩的怀念的钢的舞

（四）

我想拥抱你
我们围着篝火跳舞，好吗
你的裙子，沾染火焰，不声不响

柔软的纹理，两种黑色
像子弹击中我

你细软的腰肢，指肚落在上面
守护掌纹的秘密
脚掌的节奏，猎人绝不知晓
尚未被记载的吻痕，也落在我脸上
这是第二颗子弹

其实，盾牌就在我的左手
古奥的青铜，熔炼我的——熔炼我的肋骨
可是无法防御
上面的图案，你闪烁着嵌在中央

农民的一生

钟婷婷，英国爱丁堡大学文学、语言与文化学院硕士生

我的外婆爬上山包
环绕在绿水青山之间
走过，她一生必不可少的几样东西
竹林，泥路，平房和鸡圈

她去查看庄稼
油菜田、玉米地
麻雀偷盗，来来回回，飞来飞去
慢慢地，她被迫放弃小麦、豌豆、芝麻
田野变得空荡荡，像
夜晚平整的睡床

我的外婆，默默无言
她耕地、流汗、举重物
劳动割伤她的皮肤
劳动扭伤她的手腕
劳动重伤她的膝盖

一想到一生经历的几个年份
那用于囤积的双手就
——隐隐作痛

她收集、洗净，彩色的塑料袋
藏进抽屉，以待来日需要

好好的卧室，
堆满了谷子、玉米、菜籽和红薯
大大小小的瓶瓶罐罐
有些是陈年的咸菜
有些是不舍得吃的糯米

她的身体、她的房子
——慢慢装满
野草围满了她的几亩地
她依旧劳动
不厌其烦地摆着农民阵

老伴每天都在咒我死怎么办

陈荟，安徽师范大学历史学院本科生

我的爷爷和奶奶一起生活了五十年
但他们感情一点儿也不好

奶奶会甜甜蜜蜜地拥抱刚过七十岁生日的爷爷
"恭喜你！离死亡又近了一步！"

美好的清晨
奶奶睁开一只眼睛摸索着探爷爷的鼻息
随后发出一声悠长的叹息
"还活着呐"

爷爷年轻时是村里唯一一个中专生
写得一手龙飞凤舞的楷书
老了手抖
于是改写一手龙飞凤舞的草书

问他这有什么用

他吹吹胡子哼哼
"给我老伴刻墓碑用！"

偶尔也会有相敬如宾的场景
那天奶奶举着镜子梳头发
笑眯眯地告诉我
爷爷用篦子给她刮头屑的时候"夸"了一句——
"美不胜收！"

去年冬天
爷爷打来电话
他说
"医生和老伴突然对我很温柔，
吓死我了"

爷爷住院了
爷爷做了手术
醒来第一眼看到的是挥过来的奶奶的拐杖
爷爷笑了
他捏捏奶奶的手
"还是凶巴巴的样子我爱看"

爷爷出了院回到了家

美好的清晨
奶奶睁开一只眼睛摸索着探爷爷的鼻息
随后发出一声悠长的叹息
"还活着呐"

我轻轻掩上房门离开
假装没看到奶奶嘴角浅浅的梨涡

第二次诞生

段晓曼，北京外国语大学俄语学院博士生

一

用掉全部力气表现出来的勇敢
仍有一半是怯懦。
作为某种证明，心灵磐石般靠近所往，数年，
作为某种证明，命运掀开不曾谋面的黑色铁门，骤然。
那个金秋，作为某种证明，很多日光白白照耀地球，
而一丁点失重虚幻，又确凿。

血液不曾因伤口停止流动，
耳朵不曾听见一个词遥远而不间断的巨响，
城市未在前行的脚下化作荒野，
追寻的瞳孔里，万物没有失去过色泽。
几多金秋，身体几番隐现，又仿佛再次回到原点。
或许不充分的爱易碎，缝合之前需要适应光。

倘若内部支点不及重力，我学会了感受坠落和分裂。

这些健康而忙碌的成年人，哪一个没有在黑夜
拼凑过自身，没有在危险的尝试中
反复练习收集光。不急于停靠，我选择继续降落。
回到世纪前的欢乐，我看见最初种下的星星
近乎凋谢，几代人的情绪如无名困兽浅睡。

重复性的灰色浸染整条躯干。一切如此胀大，企图裹挟
自我，就像吞噬健硕的男主人。继续向内停留，带去
迟到的微光。根部最深处，第一次，我读懂
长辈的复述和性格，读懂过去的时间。
借英勇的名义杀死前身是重复陷入执着。抽回那些力，
归还概念安然的存在。只是看见一切，爱便重新流进血管。

二

花园里，白桦最后一个抽出绿芽，最后一个
落尽一树的叶。细白的躯干直伸向天空，枝丫
则朝大地耷拉着耳朵。四季的生长无精打采，柔弱
却又不可撼动。常常，我在它面前驻足，急于给它，
也给我，贴上标记。然后，欣喜于认真的功课与共鸣。

仿佛我获得一个支点。而白桦只是立着，长久静守于
自身，接受一切白或黯淡，一切评论与解读。

超脱于风雨后的断折和烈日下的枯干，超越
任何词语和目光。它始终完整。而独立中有令人转向自身的
导言。我感受分离那清脆的危险与快意，倾听

自心的声响。试图屏蔽几个世纪的喧嚷，我触摸
这些躯干和脉络。如果没有那句苛责，这块印痕
是否可以被允许存在。如果没有那些标准，这条柔枝
是否可以被视为美。如果没有看似绝对的断言，是否可以
信赖指尖的感觉。是否可以，拥抱这棵树。

用数学思维回答生命的问题是一种无知和懒惰。
公式，亦是对自我的判决和背离。不如这棵白桦。在感受
自身中
给出确凿的证言。花园里，一个新的世界模型向我打开。
而我，亦在向内部敞开中触碰了世界。
从此接近一种有爱的创造。静立如这棵白桦。

解　构

耿健哲，华北水利水电大学信息工程学院本科生

把月光折了又折，还是没有立起我的影子
需要一次解构，重新定义我的形状
夜晚是最好的容器，刚好盛下我的碎片
每一道目光所及都是一次虚构的谈话
它们说，我越来越像你
以至于，当我们谈起永恒的时候
嘴角都有一样的弧度

那些被我们随意丢下的时光
和随手写下的波涛
正在与你一起　变成我的必需
一点星光，加快了我们之间的反应
使得夏夜漫长，呼吸沉重，虫鸣渐起
你与我之间，每一处细节都紧紧咬合
仅仅是一次挽手或是并肩
也让我们贴合得如此完美
谁都无法说出，我们抽象的构成

需要一次重构，融合我的完整
还需要一个将要燃尽的黄昏
把那些我们无法分解的灰烬
用来点缀天边的霞云
于是，形容绝美的，将会形容我们

时间顺着墙壁流淌下来

关舒丹，南开大学外国语学院本科生

时间顺着墙壁流淌下来
在每个缝隙里塞满茸茸的青苔
忧郁的爬山虎
和带着露水气的湿泥

灰尘
参加光的舞会
在蛛丝织成的水晶帘下
沉默而喧嚣地跃动，狂热而哀切地
仿佛最后一场盛宴

被吞吃掉了，机械的轰鸣声
吃掉了寂静
吃掉了喧嚣
只余一声旧时代的长叹

时间顺着墙壁流淌下来

在每个角落填满层层的污渍
猩红的铁锈
和老化发黄的塑料

被吞吃掉了，舒展的爬山虎
吃掉了寂静
吃掉了喧嚣
终将化作句芒神的子民

时间只是顺着墙壁流淌下来
压在未来的胸口
直到死去
变成沉默的白

是我分割了天空

哈玉龙，兰州财经大学经济学院本科生

是我分割了天空
当童年的风筝徐徐上升
触到了低垂的云层
或是用半截斑驳的白色油画棒
沾沾自喜地，有意将纸的白加深
直到紧握的矛磨出新的棱角
以此界定蓝天的边际

是我分割了天空
透过教室的窗将它挤进逼仄
连带着远山和高楼，拥挤
在漆黑的夜路将它释放，月亮是谴责
一路望着我，直到梦的最深层
窗框的规矩钉死了散漫
云误入又惶恐地离开

是我分割了天空

将大把的光阴丢进手掌大小的屏幕
让天空永无翻身的机会，五指山
记录了庸碌和怠慢的审判语
而我绞尽脑汁地想着辩词
无从说起，甚至忘记了天空的模样
只能从相册找出一两张作古的画像

是我分割了天空
肢解成本就困顿的生活的边角料
没有体面的告别就草草掩埋了
和梦一起陈列在脑后
等白发滋生，摇椅撑起过往
它们会重获自由
凝成晚霞，填补光阴的缺憾。

复　活

胡郁芸，英国伦敦大学学院教育学院本科生

已喝不下再多寡口的茶
日复一日，在黎明前醒
我站在昏暗的影子里，等待
一个明媚的降临
余霭未散，时间枯坐在此
鸽子扑扑棱棱，我却没有变动
原来，这是酽冷的冬天
他应青春着老去，孩童与古稀在同一具躯壳
将凛凛的风声，光阴的两端
从发丝写到发根
他后退着前行，而我
再按捺不住心头的雪

普洱，毛尖，银峰
茶杯里正举行着一场盛大的复活
遥遥望见，这春光的偏爱却与我无关
但也不必有关

若干涸的身体能生出新枝
夜晚，便会染上哀愁的别离
祁门，锡兰，滇红
我已不再吟诵旧的诗篇，随梦影起落
美丽的虹光转瞬消逝在眼前
他是搪瓷，是琉璃盏
是溢彩华章
他是我寂静的雪地里
最后的轰鸣

给写作造张面孔

李晨龙，华中师范大学外国语学院硕士生

多年前，一个宁静的午后，我还在寻思写诗的秘密
厚厚的诗稿堆叠出群山的模样，可青山见我，未必
妩媚如是。词语，还是炼字，诗行，写写删删，
起初，我故作深沉，现实、浪漫，不，现代、前现代
还有摆满心间的沉重的名字，托·思·艾略特、波德
莱尔……邓恩、但丁，于是，文字变得艰深，
晦涩才是最好的老师，时间须倒着流，正话要反着说
才能调出忧愁的味道。空格　句号。逗号，冒号：
省略号……破折号——书名号《》双引号""花括号{}
标点的华尔兹才是最美的修辞。可是，精雕细琢的骨架
可否匹配灵魂的深刻：语不惊人死不休。沉思：

良久。"至少，要回归文字的艺术"
好吧。林林总总的文字不再是光标的倾倒，
想让思想的一声雷鸣惊醒沉睡的诗稿，伏案在桌头
陷入迷茫的我，即使作别刚刚习得的修辞、话术
也想落笔转成刀锋的舞蹈，可这是在笔锋上起舞
温柔的诗稿也需要一个栖息的地方，轻抚、轻柔

那里的小房子，如若不是有无限大的空间，储藏着
无穷多的异想，何以横七竖八地落在一起，在纸张划开
一道道思维的闪电，装下几个世纪的不休止的音符和时
间的涟漪。擦亮的火花
在神经元和电信号间漫游、穿梭，一时间，
想要说些什么，吐露的文字还是新出海的水手
摸不清在斯库拉和卡律布狄斯之间掌舵的技巧。无言、
呜咽，让笔锋流浪

我不知道的表达，还在哪个渡口游荡，遣词造句、
是缪斯还是塞壬
模糊了善睐的明眸，我依旧是那个伏案在课桌的人，
从黎明躬身至夜晚，听雨声，也听蝉鸣，想看到
他们入诗的模样。也想化开一种辗转反侧的惆怅
如圣·埃克苏佩里的玫瑰，和冰天雪地里结霜的玻璃罩
这不是 B162 星球，流泪哭泣的不只是文字，
还有等待、思念
和一生想要守护炽热的灵魂，唯有这样才能咀嚼诗中的
火焰。那一晚，高高隆起的脊背是丈量诗歌的重量

后来，后现代之后的诗歌也是后现代之后的爱情，
你我漂流在无数的文字里，搭桥、漫步，相逢也难，相
别也难，

采撷无穷的远方，思想的贝壳，和风的种子一起，
尝试着拼贴—变形—飞散——在寂静的夜里。枕边的
屏幕亮起一串串飞起的对话，
是赛博格时代的囊萤映雪、忽明忽暗的文字闪烁不息，
变的，是书写的形式
不变的，是枷锁，与爱的进行时。"不妨，戴着镣铐，
舞一曲吧"
此刻，等待文字溢满知识的河床，
漫上笔管的瞬间，要造访下一个渡口：
伏案写作，就是为了见到许久

未见的人。而我，还要在灯下漫笔："文学、艺术，
是或不是宇宙间普遍的存在。""又与我何干！"
没有一种羸弱的生灵敢于在轻盈的，或羽毛，或竹枝
的工具里，
信仰一种纯粹的力量，镌刻自己留下的脚印、发出的
微弱气息。
莫要凝视，那高高垒起的群山的诗稿。它们拔地而起。
倘若太久，群山将不是平面中一弯浅浅的黑色
而是阴暗花园中纵横交错的小路——
向左←
　　→向右
再——向左←不如分行↔那我可否写下

我可否写下坚强的文字

你说：可柔软的谣曲小调也值得演唱一番

我可否写下厚重的文字

你说：可舞姿醉态之间，轻盈自有轻盈的婆娑

我可否写下真挚的文字

你说：可剧本中高贵的灵魂也常常有虚幻的魅影

我可否写下深刻的文字

你说：可肤浅往往是深刻的背面，风月宝鉴何曾不是
纯明之镜

我可否写下不朽的文字

你说：可越是不朽，风沙越要积尘许久

我可否超出书写的维度

你说：可万物的起源本就是从一到无穷大

摞在心头尚未完成的诗稿，你想教会我群山的模样

我将摒弃拉普拉斯妖的信仰，

从此，伟大也将须从无声处起。

翻开《摹仿论》的五百二十二页，赫然写着：

衡量每个时代与社会，我想依照自身构想的模型

奥翁说：不，应依据他们各自的前提

但除去天文地理，我无法构想

奥翁说：不，还应包孕精神的历史的

但我害怕精神的虚无、历史的幽深

奥翁说：但精神之现象、历史之作用　其内部运动无与伦比
但我看不清纷繁的内部结构

奥翁说：要到时代中生活的单元，要看到一间间小室，都
以若干的整体出现，生活的本质将复现在各自的表象之中
那世间万物可否存在抽象的一般认知

奥翁说：不，不是所有

与奥翁对话，历史的巨轮向生活浩荡驶去
终于，在诗稿中残存的页面上，也窥见了拉尼亚凯亚纤细
的纹理。猛然间、抬起头，望向深夜中漆黑的一团窗
渐渐浮出火焰的背影，隐约雷鸣之下，看到窗子里的
那盏灯。拿起笔，再丈量一下，雨痕之间，面容清晰
那不再只是我的模样而是背负着层层青山的厚重壁垒
而是诗稿在雨中的存在。雨落窗边，我听到层层的纸
张在火焰的宇宙中屡屡化为烟雾缭绕、缭绕，飘飘然
我的骨骼终于浇筑了诗稿的灵魂。"我见青山多妩媚，
料青山见我应如是。"情与貌，总相似。

风　筝

李文楷，上海海事大学外国语言文化系硕士生

各式各样的面孔，
在那微风阳光的天气飞起，
一直向上再向上，
蓝天白云陪伴着。
内心无比激荡与欢畅，
多想飞得更高看遍天下的风景。

刚离开大地的怀抱，
争先恐后着，
乘着风唱着歌在旷野中升腾。
到了一定的高度一定会俯视过去，
觉得骄傲与无所不能。
在那白云下像个莽撞的少年，
左右摇摆，一直想挣脱线的束缚与捆绑，
这个过程会持续很久很久，
一直在做着。
有些风筝会义无反顾地割断与线的联系，

那一瞬，

它会飞得更高与更远，

相信内心一定会感谢自己长久以来的坚持与梦想，

只是那一瞬……过后呢，

不知它会飞向何方，落在哪里，它的内心怎样。

一些风筝挣脱了很久很久累了，放弃了，

在那冥冥线的手中，

看似轻松的飘荡。

天依然蓝，树依然绿，世界依然那样的美丽。

也许天暗了，也许变化了，也许……

胸前线的收紧，

一步步从天空走向大地，

依然会回头望，会渴望蓝天与白云，微风与欢畅。

从开始到结束，

一直保持着相同的姿态，

只是内心体会到了飞翔。

童年游戏（组诗）

刘磊，西北大学文学院硕士生

捉迷藏

再没有比你更难找到的人了
初中我们还在继续这个游戏

不像每周四才播出的电视剧
时间从没有更新它的屏障
你总是众人中藏得最深的那个

捉到你，只能是时间
更多时候，是我们被变瘦的谷堆
暴露，向夕阳低低的脚步投降

只有你固执地藏了起来
在我们都捉不到的水库成为
彻底的谜团

成为那些年我们羞于启齿的
故事的前半生

扔沙包

"在规定的时间内，我们
必须让这只沙包收拾掉所有
躲沙包的人。"春风浩荡
你向我们解释着游戏规则

游戏的过程，不断有人
被从某处扔来的沙包击中
到最后，场上仅剩你一人

可这场游戏
并没有因此而结束

成年后我们的生活
也变成了一场沙包游戏

但你早已分不清哪是沙包
哪是伴随沙包而来的闪躲

跳橡皮筋

还记得那年我们

两个小组的比赛吗？

竞赛中，你和我
成为他们推荐的代表
像演员轮番登台表演

马兰开花二十一
冬天的答案被你
用夏天的步子解了出来

但你永远也不会知道
我最爱在台下看你跳皮筋

用鼓掌后短暂的寂静
掩盖另一场寂静

抓石子

最常见的是七颗玩法
还要保证，在抓石子之前
它们是顺良的，能接受

被乖乖抓住又被释放的命运

接受自己是石子也是棋子

趁它们还年轻，迅速
抓三配四：三子抛至中空时
抛子之手收取躺平的四枚命运

如取你曾因胜负而内卷的脸
以免最后落下来的
是漩涡

你就这样赢走了我们口袋
所有的石子，并把它们

不能做主的一生揣向远方

陨（外四首）

毛克底，首都经济贸易大学财政税务学院本科生

陨

暴雨后：消隐的平芜和楼房
坐等浑浊的水变清澈
烂醉如泥的小欢喜，无声控诉
悲悯的钓竿

像某个时刻，某次错误的抉择
让我在诗歌的一个短句里
充当了空旷的引咎词

天空再辽阔，容不下一只鸟儿
在云层中自然死亡，而非
陨落大地受潮腐烂
世间的灾难，从来都不缺
一声轻微的叹息——爱得深沉
何时也会沦为一种折磨？
搜救人员，只在事发之地
捡到了许多本结婚证

瘦山令

落日如同刑具，熔尽之时
木桶才能下到深井中
捞出一只发烫的橘子

乌云和闪电已经撤走。山贴着山
北坡从没落过雪，但梨花雪白
飞鸟衔过某类失传的遗忘之词
唇形科的坚果成熟，"扑通——"坠落
瘦山湖承载不了重物的某种轻
所以才把它沉入谷底，事不关己

先是道法自然，后自有弘一的去处
先是达摩在石上抄经，而后世间磐石
才开始爬满苔与野花

花匠与春天的流浪史

梵先生，所谓影子，是光咀嚼后的产物吗
感性的人把倒影捏成任何形状
像三月一朵蔚蓝灌顶的小花儿
沉重不来自肉身。它从没走出过

天空炮制的罩影，这和你一样
花匠与春天的流浪史，樱花
在故乡盛开，绿肥红瘦。岸上人们
审美积极。营养液中培育新山水
舌苔上一座草莓岛屿——雨水
习于混淆虚景，习于把一头大象
从蚂蚁的体内运走。梵先生
诗歌，就这样诞生于灵魂空洞处
来吧，让那些苦难与柔弱的事物
通通躲进我的诗歌中来
梵先生啊梵先生，你是理想的产物
又是南墙砌成的糖衣泡影
多么圆满的圈套啊，可惜和我无关
三月雾浓得像豹，一粒雨围绕我来
却又和全世界的雨滴一样
和我擦身而过

璧

"怀中无璧之人，不怕碰壁"
你指着光，推算一颗星的诞辰
在数千年前陨亡，你以为的光亮
逃过，引力和潮汐的打磨

这来自末日的浩劫，致使他物
接受了自身的瑕点——诞生宇宙的朱砂痣
被点醒成大地幽而深的黑夜
不信宿命论的一种。沿海
或是荒漠，平原或是谷地
世界上，总有某个角落，成了我们
不会挑剔的出生场所
有人是鞋匠的孩子，有人推翻闪电
有人裹挟璧玉而生，雕饰慧根
有人质地均璧，却只顾着照料
不入眼的瑕

春哨，或清明记雨

檐上雨丝，如吊坠悬挂
一群野孩子朝白墙扔泥巴
吹着口哨，打碎老屋玻璃
喧哗点燃河床的气息

你抓住什么，什么就在遗忘边缘
瞬间收缩。那截土坯墙，替你
挡住了风声、博尔赫斯的月光
卡在星辰间，被解救的一株水草

芦花般纷乱，替你被流星灼伤
我们该辨认，总有一些事物
距离的远近会将耐性消灭殆尽

听春哨响起，我有理由相信
逝去的人，提着一池蛙鸣，来过
他跨过河，跨过爬满青苔的原木
他有沉疴的去处，那里是
鲜花幽居的深谷。那里的
马儿牛儿，静卧在牛蒡旁边
慢嚼时光的深意

星

谭子辰，广东第二师范学院外语系本科生

夜深了
天空中繁星点点
一闪一闪
像是在诉说着什么
一片热闹
到了白天
却落荒而逃
我想
有些秘密
大概只能留在晚上

失眠手记

魏劭鋆，南华大学船山学院机电与信息工程系本科生

箱体腥臊，浸渍的博物馆
在数字浪潮里人人都轻轻
晃荡。海岸边不安的消波块。
如若撒上一把盐，这种奇异
的排列就会分崩离析。八月
潜入蟒蛇之身。速朽途中，
梦境远比待办清单真实。

花四块钱去附属协和医院。
伫立天桥，那些陌生的姓名
朝高处涌动。"夏天盛极一时"，
将圣像下雨泪的爱侣紧紧包围。
他们相互交换身体里的沉香，
偶然露出光洁的花蕾。铁线蕨
遂沿太古裂隙攻陷这座病房
大楼。或许我将被幸运之手
邀请，奔赴太平的宴席。

若是此刻孤独就听听雷鬼。
巴布·马利不止一次提醒我们：
"这不是我们的交易！"信件
已经寄出，但不一定有回信。
旅居者常因客舍老板较真的
浮点而怀念故土。这种混蛋
的辩词。穿过填满格式的街区，
价格被衬衫所捆绑，卷帘门
的通缉令和水门汀的阴影
被悉数搋进肠衣，欲望满盈。
铁架落下的酸滴并不明净，
你只能看见自己诡秘的倒影。

空椅背对月光，这是献予维庸
的礼物，他让我遗忘去年大雪。
暮夜颠倒的药瓶倾诉一波三折
的矛盾，蝉鸣中断。透过失节
的免疫，石头化为无定形的水。

细察周身暗自浮动的紫癜，
斑驳如石，不禁忆起水乡
梅花不明原因地凋亡。
黄昏时分身着黑袍，

迎接一场旷日持久的
越洋通话。然后扣动扳机
疯狂的白杨树近乎一夜失明

忠贞的感觉已经降临。世宁。世宁。

中文系笔记（组诗）

吴子恒，山东大学文学院本科生

夜读南北朝史

十点钟摘落雪意，寒蝉凄切
是再也修不好的一把断笛
在窗外洗尽夜归者的谛听
轻启书页如抖落旷古的灰烬
潮湿的跫音捕捉我们，踊身为
秋坟幽魅。拨亮引线不亚于
发动一场自戕的战争。
未竟的隐喻如荒草，丛生，
"父慈子孝"，每个家族
都有阋墙的好基因。
画眉小镜、深闺和重楼
自宫体诗中抛出的锁链
以物化的口吻，一再逞凶
曩昔已矣，口中可满溢
众多臂弯、魆黑枯爪，左心房
规避几位皇帝，向右心室的另几位

索要房款：短命王朝的残山剩水
以及荒唐十足、精分的新玩法
在昙花里枯萎着操纵万物裂罅中的
短烛，喂食一个人的小国寡民

夜航船

一千个掌故色泽黝黑，在平面
结网捕鱼，秩序多次掷向我
企图两个断点构造立体，不再
隔如孤岛，不可视如深游潜鱼
起点的灯塔，在蒙昧区随即失去
原有的亮度。若停留构建屬国
持有杖藜，点燃积灰的文字
以支配经幡悬挂的信仰，叠石更多
隐喻的雾气愈有穷途的风险

细小之物：狼子豹孙奔逐的身影
我的眼睛必须作醅，以供良久攀谈
辨认错乱的抛物线。或主动地
陷入浪交叠的危险歌声，删去低音的
模糊支吾，藏在飞逝中某个去向
在疲倦的风景里，习惯妄言，先于

密语最后一种可能寻到另一位船夫
保持清醒只能攫有腥味。
可启航之前，看到这片水域
我便已褰起衣裳

思君如满月

一场洪水卷入梦里的时候
蚕开始咀嚼自己的骨头

那些不太磊落的炉火
于你抵达之前褪为尘灰

今夜的月色是荒谬的。
连同今夜的你，明夜的你，
天生就是荒谬所在
指涉我羸弱的言语——
倘若把你译为满月
这无法避免，每夜
灵魂的霜冻都会消解

无法避免，夜行动物
暗自舔舐伤口的鳞片

喝茉莉花茶读现象学的一个夜晚

往事遥深如同纸页被遗忘的折痕
山雨欲来时，我在读书，梦
还邈远。夜色的翅膀在拍打
黄昏的水面。你邮寄的南山
我已收到。火漆完整，徒劳地
掩藏一个有关横县的春天

茉莉花的羽翼在水中舒展翻飞
三折的胡塞尔还在向我讲授现象学
——缺席的比在场的更加充盈
就像此刻：北纬 23 度的风或者你的
叹息，在我的杯中拟构薄雾。
我看见你向陌生的水域
推出年轻的船帆

泥巴里的鱼

杨璐菁，中国人民大学外国语学院本科生

我被一阵急促的呼吸声吵醒
原来是有一条鱼
搁浅在池塘的泥巴里
有一条鱼
搁浅在池塘的泥巴里
火山口似的双眼
还有巨大的夸张的胸鳍
天上的海水
洗出云白的鳞片
泥巴里的鱼
它诡异又美丽
它丑陋又熟悉

我曾经见过的
世界上最小的海里
有一条鱼
黑珍珠一样的眼睛
云似的鳞片雾似的鳍

它晶莹的身体光明了海底
它活泼的姿态柔软了海水
它的身躯随着海面的扩张而舒展
它的目光始终聚在天上

泥巴里的鱼
我把它放回池塘里，它一动也不动
我笑话它，是一条忘记怎样游泳的鱼

为了鼓励一条鱼游泳
我又开始带着它去跑步
简单的、重复的
双脚交替向前
复杂的、沉重的、看不清的
渐渐后退远去
清风携来天际的低语
胸口有汩汩水声
再也没有听见过
那徒劳的
垂死的呼吸

泥巴里的鱼
我知道了它的秘密

于是我重新开始计算
海底到天空的距离

更多的时候
它只是长久地躲在泥巴里
久得我都快忘记
我的心中有一片大海
海里有一条鱼

小时候（外二首）

赵刘昆，吉林大学文学院硕士生

小时候

小时候，祖父用一把饥饿的剃须刀
放倒一片银色的山峦，那个时候
我喜欢钓鱼
但大海里
往往只有一片汪洋的饥饿
布满晶莹剔透的饱腹感
我经常在午休时
撒下一张漫无边际的大网
也总能捕获一些
漏网之鱼的惊慌失措

那时的我，多么想要
一只勾魂摄魄的鱼钩
钓住一个
想要逃逸

到醉驾里的黄昏
那时的我
像极了一个交通警察
每抓到一条鱼
都要用大拇指
在他的身上
摁下一张迟暮的罚单

但更多的时候
我抓不住任何一条
油滑的鱼儿
就像黄昏里的太阳
总是在自己的地盘上
一再跌倒

于是，在那些钓不到鱼的日子里
我徒劳地等待
月光自然弯曲
成为一条浑身通红的蚯蚓
在空旷的寂寞里
一头扎进汹涌的大地
之后，我将
等待下一个甲子的月圆之夜

亲自用双手
把它磨成一只
老迈的鱼钩
用停顿的记忆
逐一钓起，曾经
荒无人烟的往事

我不愿意

我并不愿意
看到山洪暴发
大雨漫出生活的边界
命运里滚出一些杂乱的石子
砸中那些
无辜的阳光

正如，在粗壮的黑夜里
你的眼睛
打开了一个久愈的伤口
疼得像一只笨重的熊猫
黑白相间

我也不敢相信

有一天
流沙河里的故事
结满月光的苍老
你身上的夜空竟被——驱逐
四散奔逃、溃不成军

祖国在我二十四年的生命里

南方的西南边　　西北风一个劲地刮呀
狗老叫唤着秋天的名字
没等苞谷熟透
树叶衰老，河水变得低矮
母亲就把我交给了世界

旗帜，沙子，土壤
甚至刚下完蛋的母鸡，声音也兴奋得
像是红色的
现在，我在西南的东北边
赶着一群饥饿的文字，到毕业论文里
种草、浇水　　用键盘追赶下一片草原的深度

闲时打开抖音，看鱼
一条接着一条，跃入潮湿的眼眶

巨大的山东舰，带着一家老小
到太平洋散步，顺道撒下一路
我最爱吃的五谷杂粮，它们的种子
长在饥饿的荒凉里　需要我
带上灭火器

翻

译

类

POETRY TRANSLATION

诗意无界

"求是杯"国际诗歌创作与翻译大赛

获奖作品集

外语诗歌原文

英语诗歌原文

The Grammar Lesson

Steve Kowit

A noun's a thing. A verb's the thing it does.
An adjective is what describes the noun.
In "The can of beets is filled with purple fuzz"

of and *with* are prepositions. *The*'s
an article, a *can*'s a noun,
a noun's a thing. A verb's the thing it does.

A can can roll—or not. What isn't was
or might be, *might* meaning not yet known.
"Our can of beets is filled with purple fuzz"

is present tense. While words like *our* and *us*
are pronouns—i.e. it is moldy, they are icky brown.
A noun's a thing; a verb's the thing it does.

Is is a helping verb. It helps because
filled isn't a full verb. *Can*'s what *our* owns
in "Our can of beets is filled with purple fuzz."

See? There's almost nothing to it. Just
memorize these rules... or write them down!
A noun's a thing, a verb's the thing it does.
The can of beets is filled with purple fuzz.

1995

德语诗歌原文

Klumpatsch

Oskar Pastior

Ungern und forsch aus Technik und Wissen geboren:
sprunghaft erloschen im Hinblick vor jeder Bezie-
hung: was du auch tust, tu es im plumpen Bereich

und denk an die Frösche: auch Wirbelstürme irren:
gib dem Fett einen Auslauf, sei Vorsehung und Sei-
de, wenn du kannst, doch gib acht auf diese dummen

Ratschläge: der Mond auf seine Art hat keinen Appe-
tit: habe dessenungeachtet Seife im Ohr, vernachläs-
sige dein Nagelbett, greif ungeschickt nach jenem

grauen Papier: wenn angesichts einer feuchten Ge-
hirngrube dein Gestirn in Phasen geht: blau, gelb,
rot und andersfarben, auch metall-blöde—zeig was

du nicht kannst und klump dich breit auseinander:
glühen kannst du noch immer: mach aus deinem unter-

entwickelten Hehl keine Herzfaust und aus den Eier-

schalen keinen Schraubstock: gescheitelt werden im
dreckigen Wetter, das sollst du: tu es im falschen
Bereich: scheu keinen Matsch, sei eine menschliche

Enttäuschung in plumper Hinsicht: galvanisch und
pieslig geboren, von der Seite erloschen, was du auch
tust: tu es dick und klitschig, ungern und forsch.

Цветет жасмин...

Виктор Соснора

Цветет жасмин.

А пахнет жестью.

А в парках жерди из железа.

Как селезни скамейки.

Желчью

тропинки городского леса.

Какие хлопья! Как зазнался!

Стою растерянный, как пращур.

Как десять лет назад—

в шестнадцать—

цветет жасмин.

Я плачу.

Цветет жасмин. Я плачу.

Танец

станцован лепестком.

А лепта?

Цветет жасмин!

Сентиментальность!

Мой снег цветет в теплице лета!

Метель в теплице!

Снег в теплице!

А я стою, как иже с ним.

И возле

не с кем

поделиться.

Цветет жасмин...

Цвети, жасмин!

1962

法语诗歌原文

Au Fil d'une Nuit Chaude

Alain Minod

La nuit et ma soif attardée par le silence
Je m'en vais mâcher mes mots avec de l'eau fraîche
Et ils n'obturent pas ma veille en leur présence
D'où je suis c'est un voyage en cabine sèche

J'ai rêvé «Utopie» et «Âme de la danse»
Et comme leur compagnie est fertile en ville…
Pas un souffle d'air: l'entrepôt—son insistance
A me donner l'impression d'être sur un fil

Les rideaux me renvoient aux carrés de lumière
Oui! Quels trésors s'y cachent comme en un palais!
J'ouvre! La lune y dresse tant de moutons clairs
Je déverse mes vers comme pour les haler

La ruelle est un canal où je penche songeur
Sous son teint blafard la nuit demeure solide
Et pour l'insolite il n'y a aucun nageur

On y accroche quelque chanson impavide

Une rigole roule le long du pavé
Elle roucoule signalant l'aube qui monte
Belle est notre ville en cet îlot délavé
Qui nous renvoie ici à ses rumeurs en ondes

摩周湖

藤原定

山峡の底で集中する意志が
水面をまるくし
しかも意志すべき何ものもない
高い放心の眼

その地の巨いなる眼から
百千の鋭い鳥が
サッと飛び立つかに見えた
が──小波がわずかにきらめいたにすぎない

沈黙の中で
あらゆる言葉を成熟させ
最初の微かな身振りで
一切を語り終える

その地の底深い眼の中へ
吸い入れられないために

カムイヌプリ岳は
稜角で抗いながら個我に成る

1954

Grafemas

Jaime Siles

El dibujo sonoro de la línea
es anterior al tiempo de lo blanco.

El tiempo de la línea
—como el espacio y el ritmo de la página—
es anterior al ritmo del color.

El espacio y el tiempo de la línea
son interiores al blanco de la página.

Cuerpo textuado, la escritura
es un ritmo de espacios de color:
de blanco sobre negro,
de negro sobre blanco
en el espacio en blanco de la línea,
en el espacio en blanco de la página,
en el espacio en blanco del color.

La escritura es un ritmo anterior a ese cuerpo,
interior a ese espacio.

La escritura del negro sobre el blanco
sólo conoce un signo:
el invisible blanco
del color.

1983

语法课

史蒂夫·科维特

译者：杜楚灵，厦门大学外文学院硕士生

名词是物。动词是物做的事。
形容词描述名词。
"这罐里的甜菜长满了菌丝"，

其中"的""了"是助词，
"这"是代词，"罐"是名词。
名词是物。动词是物做的事。

会滚的是罐子——也可能不是。
不是曾经和也许，或表示未知。
"我们这罐甜菜长满了菌丝"

是现在时。像"我们"这样的词
是代词——它们发了霉，变成暗黄黏稠质。
名词是物。动词是物做的事。

"了"是个助词。加这个字，
只因"长满"缺语气。我们的罐子，
"我们这罐甜菜长满了菌丝"。

瞧，这并没有什么大不了。
只要记住这规则，或者写成诗！
名词是物。动词是物做的事。
这罐里的甜菜长满了菌丝。

1995 年

专家点评

吴笛，诗歌翻译家、评论家。浙江大学世界文学与比较文学研究所所长、教授、博士生导师，兼任中国中外语言文化比较学会会长、浙江省比较文学与外国文学学会会长。已出版《英国玄学派诗歌研究》等10余部专著、《雪莱抒情诗全集》等30余部译著，以及50余部编著。

　　这首英文诗题目是《语法课》（"The Grammar Lesson"），诗中的说话者是英语教师，教授语法规则，分析"The | can of | beets | is | filled with | purple fuzz"这句话的语法结构。整首诗体现出一种教学过程中的轻松诙谐的语调。就诗体而言，这首创作于1995年的诗使用的是"十九行诗体"，即Villanelle，源自意大利古代农村的一种歌舞：维拉涅拉歌舞。其中包括重复的语句，显得轻快。该诗有传统的韵式，使用的基本上是抑扬格

五音步和四音步，如第一行："A noun's | a thing. | A verb's | the thing | it does." 整首诗行尾韵脚排列形式为：ABA ABA ABA ABA AAA CBAA。

在风格上，该诗的主要艺术特质是语调（tone）的体现。这首诗从内容上看似简单，但写作难度极大，给翻译也带来了挑战。这位同学的译诗，能够获奖，主要是因为其大体把握了原诗的风格，传了原诗的内容，也传达了原诗的形式所具有的语义内涵。

这首译诗押的基本上是同一个韵，只有最后一节的第一行，韵有所不同，虽然与原诗韵式不同，但译者是考虑到了这首诗的韵式特质，并努力在译诗中再现。这是该译诗在众多译诗中脱颖而出的一个原因。

该译诗还注意到了中文语法与英文语法的基本区别，所以在译诗中，注意了中文表达的准确性。譬如第二节第一二两行的原文：

of and *with* are prepositions. *The*'s

an article, a *can*'s a noun,

译为：

其中"的""了"是助词，

"这"是代词，"罐"是名词。

此处，没有用英文的"介词"和"冠词"，而是确切使用汉语词性，这不仅仅是一种归化的翻译方法，更是在尊重原文基础上的一种创新。而《语法课》一诗，本身以传统十九行诗的形式与现代语法教学相结合，除了语法教学，体现的就是创新精神。

最后，就少数地方的理解和表达而言，该译诗仍存在有待提升的地方。

譬如，在表达方面，诗中有两个反复的核心语句。第一个句子是："A noun's | a thing. | A verb's | the thing | it does."在表达的时候，最好能突出汉语中名词和动词的区别。"名词是物。动词是物做的事。"名词是物。名词是物之所为。如考虑押韵，可译成"名词是物体。动词是物体做事"等等。第二个句子是："The can of beets is filled with purple fuzz."该同学翻译为"这罐里的甜菜长满了菌丝"，主语是甜菜，甜菜长满了菌丝。而原文是罐头，是"甜菜罐头里满是紫色菌丝"。

在理解方面，该诗的第三节的头两行：

A can can roll | —or not. What isn't was
or might be, *might* meaning not yet known.

这两行翻译成：

> 会滚的是罐子——也可能不是。
> 不是曾经和也许，或表示未知。

此处理解不是很确切。这两句话看似简单，但实际很难，存在多种理解的可能性。但是，有一条，就是该诗尽管是讲语法规则，但是不完全针对语法，而是具有人生哲理内涵。无论罐子会滚还是不会滚，都是属于过去或现在，但不属于未来，未来是不可预测的。物体的能量对于现在而言，也是难以知晓的。一位同学过去不会译诗，也许现在还不会译诗，但是，这位同学将来的能量是不可小觑的。可见，外国教师在讲语法课的时候，也是贯穿着课程思政的内涵的。

语法课

史蒂夫·科维特

译者：黄国斌，湖南理工学院外语学院本科生

名词是一个事物；动词就是它所做的事情。
形容词则用来描述它怎么样。
"这甜菜罐头装满了紫色的绒毛。"

在这句话里，"的"是助词；
"这"是冠词；"罐头"是名词。
名词是一个事物；动词就是它所做的事情。

罐头能或不能滚动。现在不能的，或许曾经可以，
或者可能可以，"可能"意味着暂未知道。
"我们的甜菜罐头装满了紫色绒毛。"

这是现在时态。像"我们的"和"我们"这样的词
则是代词。例如，它发霉了，它们是恶心的棕色。
名词是一个事物；动词就是它所做的事情。

"了"是一个时态助词。这是因为
"装满"的现在时态意义不够完整。"罐头"是"我们"的。
"我们的甜菜罐头装满了紫色绒毛。"

明白了吗？这没什么难的。
请记住这些规则。……或者写下来！
名词是一个事物；动词就是它所做的事情。
"这甜菜罐头装满了紫色的绒毛。"

专家点评

高兴，诗人，翻译家。《世界文学》杂志主编。已出版《米兰·昆德拉传》等专著和随笔集；主编过《诗歌中的诗歌》等大型外国文学图书。主要译著有《梦幻宫殿》《罗马尼亚当代抒情诗选》等。编辑和研究之余，从事散文和诗歌创作。

美国诗人史蒂夫·科维特的《语法课》是一首清新、朴实又有趣的诗，有童诗和儿歌气息，不禁让我想到著名的电影《音乐之声》里的《哆来咪》。语法课，用诗的形式呈现，本身就特别能引发读者的兴致。这堂语法课涉及名词、动词、形容词、介词、冠词、助动词、过去时、现在时、主动式、被动式等语法现象。诗中还有些语言游戏，又增添了诗歌的有趣性和活泼性。

表面上看，这首诗特别简单，实际上却暗含几个难点，对翻译会构成障碍和挑战。

第一，诗中用来上语法课的例句"The can of beets is filled with purple fuzz"在全诗中不断出现。这句是否译得到位，关系到能否对应原诗、译出原诗的全部意思。

第二，看似简单，有时更容易误解。最典型的例子就是那句"What isn't was or might be"，还有那句"*Is* is a helping verb"。看似简单的，有时恰恰是最难翻译的。这两句，尤其是第一句，参赛同学基本上都没有译对。

第三，基本语调的把握。语调倘若把握不准，译诗的腔调和气息就会让人觉得别扭，而这需要译者有诗歌敏感度。

总体上来看，这位同学把握住了原诗的基本意思和基本语调，原诗的朴实和有趣也呈现出来了。译诗读起来也顺畅，朗朗上口，但存在部分误译问题，押韵方面也有进一步完善的空间。

语法课

史蒂夫·柯伊特

译者：苑华美，大连外国语大学英语学院硕士生

名词是一个物，动词是做事的动作。
形容词是用来修饰名词的。
在"这个甜菜罐被紫色的绒毛填满了"

这句话中，"被"是介词。"这个"是
冠词，"罐子"是名词，
名词是一个物，动词是做事的动作。

一瓶罐子可以滚动——或者静止。我们没用过去式
或者可能，"可能"意味着我们还不知道。
"我们的甜菜罐被紫色的绒毛填满了"这句话

是现在时态。而像"我们的"和"我们"这样的词
是代词——举个例子，它是腐坏的，它们是棕色的。
名词是一个物，动词是做事的动作。

"了"是助动词。它起辅助作用因为
填满不是一个完整的动词。"罐子"是"我们"拥有的东西
在"我们的甜菜罐被紫色的绒毛填满了"这句话中。

看见了吗？这一点也不难。只需要
记住这些规则……或者把它们写下来！
名词是一个物，动词是做事的动作。
这个甜菜罐被紫色的绒毛填满了。

专家点评

高兴，诗人，翻译家。《世界文学》
杂志主编。已出版《米兰·昆德拉传》
等专著和随笔集；主编过《诗歌中的
诗歌》等大型外国文学图书。主要译
著有《梦幻宫殿》《罗马尼亚当代抒
情诗选》等。编辑和研究之余，从事
散文和诗歌创作。

　　该同学对原文的把握比较到位，译文因此较为精准。
除个别句子外，原诗的意思，包括一些微妙的意思，基
本上都呈现了出来。语言也更灵动，只是没有照顾到押韵，
但比较注重内在节奏。可以看出，该同学有不错的英文
功底，同时也有良好的诗歌敏感度。除了个别句子理解
有误外，总体而言，这是一首不错的译诗。希望该同学
继续努力，争取在文学翻译道路上走得更远。①

---

① 针对原诗的解析见前文，此处不再重复。

破烂堆

奥斯卡·帕斯提奥

译者：应彬琛，西南交通大学外国语学院硕士生

勉强又果断地诞生于技术和知识：
转而消失在任何一段关系
中：在愚蠢的领域干你该干的事

想想青蛙吧：风暴也会迷路：
给脂肪一个出口，是天意和丝
绸，可以的话，你要注意这些愚蠢的

劝告：月亮无欲追求它的种
类：尽管你的耳朵里有肥皂，忽
视你的甲床，笨拙地伸向那张

灰色的纸：当你的星辰由于湿润的脑
沟而进入相位：蓝色，黄色，
红色和其他颜色，以及金属色的愚钝——展示出

你的无能，将自己堆成一大堆：
你仍然可以发光：掩饰你那发育不
良的双拳，不要用你的蛋

壳来做钳子：留下两道泥水在
肮脏的天气中，你该如此：在错误的
地方干事：不避讳泥泞，是一种人类的

粗暴式的失望：通过电镀和
萃取诞生，又从身边消失，你该
干的事情：那就踏实又艰苦、勉强又果断地干吧。

专家点评

刘永强，浙江大学副教授，柏林自由大学哲学博士、浙江翻译协会理事。长期从事德语文学和文化学的教学与研究，出版德语学术专著《文字批评与动觉愉悦——霍夫曼斯塔尔作品中的语舞主题研究》、译著《罗斯哈尔德》《海，另一个未知的宇宙》《我们为什么需要仪式》等。

　　奥斯卡·帕斯蒂奥尔的这首诗可谓是对译者的很大挑战：一方面，素有"语言杂技师"之称的帕斯蒂奥尔善于把玩语词游戏，熟谙语言的表意功能和音响特征；另一方面，这首诗属于拒绝承载含义的"无意义诗歌"（Nonsense Poem），或曰"谐趣诗"。这类诗歌旨在凸显语言本身的特点，因而淡化甚至屏蔽语义维度。语言在此并非透明的介质。它并不只是传递信息、表达情感，而是以自身的质料特征参与建构我们的感知世界。因此，翻译这种诗必须知晓其志趣所在，语词意蕴固然需要译成汉语，但更重要的是传达和再现原诗的音响效果。

具体到这首《破烂堆》，译者较为准确地将原诗字词译成了汉语，译文因此却彰显了诗歌对含义的拒斥。青蛙、风暴、脂肪、丝绸等毫无关联的语词意象堆积在一起，这种非逻辑的杂糅拼贴使寻常的意义解读不再可能。然而，在貌似不知所云的混乱表象下隐藏的一条主线是重复出现的语词"无论你做什么"（"was du auch tust"，译者翻译为"你该干的事"），诗歌由此影射奥维德的名言："无论你做什么，都要谨慎，要考虑到后果。"（"Quidquid agis, prudenter agas et respice finem."）诗歌作为"劝导诗"（advice poem）的体裁特征豁然明朗。

　　帕斯蒂奥尔对奥维德的互文指涉不止于此。就在奥维德的《变形记》里还有另外一则故事：女神拉托纳向池边农民求水不得反遭嘲讽，随之怒将其变成青蛙。这则故事的妙趣之处在于，奥维德用拟声手法展现了变形过程："他们虽然掉进了池塘，却还在呱呱叫嚷。"（"Quamvis sint sub aqua, sub aqua maledicere temptant."）这里的拉丁词"sub aqua, sub aqua"直接呈现青蛙的叫声。因此，奥维德采用了两种言说方式：一个是以语义关联为基础的劝导说教，另一个是以语词质料为依托的述行合一。帕斯蒂奥尔的《破烂堆》思辨性地融合了这两种言说方式。它在钩沉劝导诗缘起的同时，彰显了另外的言说可能，由此语言本身便凸现出来。译者如何在译文中呈现这种美学特征，自是见功夫的地方！

茉莉花盛开……

维克多·索斯诺拉

译者：柳雯逸，上海外国语大学俄罗斯东欧中亚学院硕士生

茉莉花盛开。
却闻着像锡铁皮。
而公园里有铁栏杆。
像公鸭一样的，长椅。
躁动的
城市森林的小径。

如此花团锦簇！如此不屑一顾！
我站着，茫然若失，一如高祖。
一如十年之前——
十六岁那年——
茉莉花盛开。
我落下泪来。
茉莉花盛开。我落下泪来。

花瓣跳的

那舞。

然，那奉献呢？

茉莉花盛开！

多情又伤感！

我的雪在夏的温室盛开！

暴风雪在温室里！

雪在温室里！

而我站着，像是同谋。

身旁

无人

可一同分享。

茉莉花盛开……

茉莉花，盛开！

1962

专家点评

刘文飞，首都师范大学燕京人文讲席教授。出版专著和文集20部、译著40部。所译《曼德施塔姆夫人回忆录》《悲伤与理智》入选《新京报》"年度好书"和深圳读书月"年度十佳图书"。曾获俄联邦"阅读俄罗斯"翻译大奖和俄联邦友谊勋章，入选"中俄互评人文交流领域十大杰出人物"。

诗歌难译，现代诗难译，俄语现代诗更难译！

诗歌难译，因为除内容的传导外还需形式的重构，除语言的转换外还需情感的还原；现代诗难译，因为现代诗往往更为多义，更加自我，在翻译过程中的分寸感因此更难把握，且现代诗大多舍弃了韵脚、音步等格律形式，这会使译者失去译诗时的一些重要抓手；俄语现代诗难译，则因为俄语现代诗相较于其他欧美现代诗而言大多更"传统"一些，"现代"与"传统"的抵牾更为突出，而俄语现代诗的汉语翻译经验相对而言又较为单薄。

索斯诺拉的《茉莉花盛开……》就是一首俄语现代诗。索斯诺拉是一位俄罗斯现代派诗人，出生于1936年的他年少时在卫国战争期间颠沛流离，九死一生，他认为所谓"童年畸形症"影响到了他后来的创作。

索斯诺拉写作《茉莉花盛开……》这首诗时年仅26岁，可他却已在感伤青春的逝去，他闻到的花香有铁皮味，他眼前的长椅像野鸭（而非天鹅），站在茉莉花前，他居然重温起十年前的幸福（或不幸），于是像"高祖"一样"茫然若失"，潸然泪下，于是盛开的茉莉花就成了温室里的雪，温室里的暴风雪。他孤身一人哭泣，最后却仍在祈求茉莉花盛开……不难看出，这首描写茉莉花盛开的诗其实是对盛开的茉莉花的解构，是对鲜花象征爱情和幸福这类诗歌意象的颠覆。

译者显然很好地理解了这首诗的立意，更难能可贵的是，他还在汉语中出色地还原了原诗的形式感。原诗的诗句长短不一，参差不齐，每一段的行数不等，没有严格的韵脚，诗中充满句点和停顿，这一切旨在造成一种茉莉花开的凌乱感，甚至凋零感，而原作的这些形式元素都在译文中得以再现。这首译诗译得简洁而又干脆，译者没有做过多的"诗意阐释"或"达雅修辞"，保留了原作的简约和冷峻风格。译诗中有三处神来之笔，即"一如高祖"（"как пращур"，没有译成"像祖父一样"）、"像是同谋"（"как иже с ним"，没有译成"我像同伙和它在一起"）和最后一句"茉莉花，盛开！"（"Цвети, жасмин!"，没有译成"你盛开吧，茉莉花！"）。这三句汉译就像三个有力的支脚，在语义和音响两个方面给予全诗以坚定的支撑。

一夜燥热

阿兰·米诺

译者：郝晋雪，武汉大学外国语言文学学院本科生

夜晚，欲望搁浅在缄默里
离去，我的言语被咀嚼在冰冷的水滴
这些辞藻难以填满我的清醒
所来之处，是场在封闭空间的旅行

幻想中的"乌托邦"和"舞之灵"
已与城市形影不离……
没有一丝空气——在这密封的铜墙铁壁
让我始终自感如履薄冰

光影下的帷幔，将我投到熠然明亮的正方
没错！隐着宫殿里的宝藏！
打开窗，皓月掀起层层通明波浪如绵羊
我倾吐诗句，似要曳其于苍茫

小巷的水道里，我沉湎幻想

街头万物苍白，长夜之漫深不可望
诡秘怪谲里，没有戏水者游荡
无名的人在此，把勇士之歌高唱

沟渠沿石板步道石头小径前行
流水汩汩私语，昭示初升的黎明
褪色的岛屿，小城的美丽始料不及
此地，她把我们遣回到水波的喧嚣里

专家点评

吴笛，诗歌翻译家、评论家。浙江大学世界文学与比较文学研究所所长、教授、博士生导师，兼任中国中外语言文化比较学会会长、浙江省比较文学与外国文学学会会长。已出版《英国玄学派诗歌研究》等10余部专著、《雪莱抒情诗全集》等30余部译著，以及50余部编著。

　　这首诗的作者是阿兰·米诺，这位法国诗人我不熟悉，估计是当代诗人。这首诗写得很优美，以传统韵式与现代技艺相结合，整首诗共分五个诗节，每一诗节都是押交叉韵，也就是说，押韵方式是：ABAB韵式。第一行与第三行押韵，第二行与第四行押韵。

　　这首诗的译文并没有在韵式上与法语原文保持一致，但是，译诗注意到了这一特质，尽可能将韵式特征在译文中体现出来，如第一诗节和第五诗节，用的是AABB

韵式，第二诗节用的是 ABBA 韵式，第三诗节和第四诗节用的是一韵到底的 AAAA 韵式。对于这样一首并非严谨的格律诗来说，这样翻译和处理也是恰当的。

这首译诗最成功的地方是在译入语的表达方面，译文流畅，词语搭配得当，诗意盎然，才华横溢。如"La nuit et ma soif attardée par le silence"，一般只会表达为"夜晚，我的渴求被寂静所阻挡"，但郝同学将此译为"夜晚，欲望搁浅在缄默里"，"搁浅"二字的使用极为传神。第二句"Je m'en vais mâcher mes mots avec de l'eau fraîche"，"离去，我的言语被咀嚼在冰冷的水滴"，无论是词语的选择还是被动语态的使用，都极为妥帖。尤其是原诗中最后的"fraîche"一词，本意是"清新的"，但翻译成"冰冷的"，与抒情主人公的心境非常吻合。

美中不足的地方，是诗中的内在逻辑性不是特别明晰，尚有待加强。还是以第一诗节为例：

> La nuit et ma soif attardée par le silence
> Je m'en vais mâcher mes mots avec de l'eau fraîche
> Et ils n'obturent pas ma veille en leur présence
> D'où je suis c'est un voyage en cabine sèche

夜晚，欲望搁浅在缄默里
离去，我的言语被咀嚼在冰冷的水滴
这些辞藻难以填满我的清醒
所来之处，是场在封闭空间的旅行

此处的逻辑关联还有待提升，如第二行的"离去"一词，与实际场景有些许偏差，行为主体的明晰度也需体现。

总之，这首译诗体现了一种精神，就是把诗译成诗。而且这位同学在翻译过程中能够做到神形兼顾，这是值得庆贺的。

摩周湖

藤原定

译者：刘浩东，北方工业大学文法学院本科生

于峡谷深处集结起的意志
造就出似圆镜一般的湖面
此中毫无意志修饰的痕迹
如同是深邃且怅然的蓝眸

于那山巅之地的巨大眼眸当中
栖息着成百上千只聪锐的飞鸟
乍看仿佛一瞬间便会竞相飞跃
实则——不过是细小浪花在粼粼闪耀

四下寂寥之中
促使一切言语都愈发丰满
凭借最初那些许自然姿态
叙述尽眼前的一切

为了避免被吸入

那潜藏于谷底的深邃明眸
神之山，摩周岳
用它棱角的锋芒铸就自我

1954

专家点评

田原，诗人、文学博士、翻译家，日本城西国际大学教授。出版汉语诗集《梦的标点——田原年代诗选》、日语诗集《田原诗选》《梦蛇》《石头的记忆》等。出版译作《谷川的诗：谷川俊太郎诗歌总集》和《松尾芭蕉俳句选》等。获日本第60届H氏诗歌大奖、第10届《上海文学》奖、首届太平洋国际诗歌奖翻译奖等。

首先祝贺我打分最高的这位译者获奖。

藤原定（1905—1990）的这首诗无论在理解还是翻译上都存在一定难度，但这位同学的汉语翻译还是做到了在理解原文，或者说在领悟原作者的表现意图的基础上，较为成功地把日语诗歌良好的艺术感和文学性置换到了汉语中。译语自然、流畅，没有多余的粉饰，忠实于原作又不拘泥于日语某些词语的矜持，信达雅都基本达标，汉语翻译的语感也很接近日语原文。

《摩周湖》写于1954年，了解日本战后现代诗的朋友应该知道，20世纪50年代是日本现代诗与日本经济并驾齐驱的开端，也是日本现代诗"突飞猛进"的开端，各路诗人如雨后春笋蓬勃成长。我的翻译和研究对象谷川俊太郎就成名于这一时期。

　　对于普通中国读者而言，"摩周湖"或许是一个陌生的地名，其实我也只是知道这个地名而已。去过北海道很多次，遗憾的是唯独没来到这个湖边照照自己。读完这首诗，下次的北海道旅行一定要到湖边兜一圈。

　　摩周湖地处北海道东部的川上郡弟子屈町。据说它最初是火山口湖，由七千万年前巨大的火山喷发生成的洼地积水而形成，被古代居住在北海道的阿伊努族称为"山神之湖"。"摩周"应该是阿伊努语，有"神婆""海鸥"之意。摩周湖据说是世界上透明度第二高的湖泊，2001年被列为北海道文化遗产。由于湖水急剧变深和其清澈见底的透明度，再加之蓝色之外的光反射极少，晴天湖面一片蔚蓝，因此被当地人称为"摩周蓝"。读这首诗不难发现，作品带有一定有感而发、触景生情的成分。诗句简约，比喻鲜活，充满哲思。把远近法、拟人法表现到了极致。巨视之眼中又不乏对细节的生动刻画，湖的神秘感与诗歌的神秘性叠加在一起，为这首诗的深度和广度提供了有力的支持。

　　有趣的是，学哲学出身的藤原定还是诗人谷川俊太郎的父亲——谷川彻三的学生，他在法政大学毕业后留校任教，而当时的谷川彻三正是这所大学的校长。很好奇谷川俊太郎跟藤原定是否有过交集，在我对谷川的阅读印象中，好像还没看到过藤原定的名字出现在谷川的文字里。藤原定虽然在当下的日本现代诗坛很少被提及，但只是通过读他这么一首诗，可以肯定地说，藤原定是被时间记忆的，也是值得阅读的诗人。

元　格

海梅·席勒斯

译者：宋欣毅，浙江大学外国语学院本科生

字行构筑的有声图画
先于空白的时间成像。

字行的时间
———如纸页的空间和节奏——
先于色彩的律动。

字行的时空
涵容于纸页的空白。

所谓文本实体，赋形于斯的写作
是一种铺溢色彩的空间群的节律：
白展于黑，
黑覆于白
在字行的空白空间中，
在纸页的空白空间中，

在色彩的空白空间中。

写作是一场律动
先于那整体，
拘于那空间。

黑覆于白的写作
只识得一个暗号：
得诸色彩的
元空之白。

专家点评

范晔，任教于北京大学外国语学院，译有《百年孤独》《万火归一》《致未来的诗人》《未知大学》《三只忧伤的老虎》《不要问我时间如何流逝》等西班牙语文学作品；出版《诗人的迟缓》等著作；获"诗东西"诗歌翻译奖、黄廷芳/信和青年杰出学者奖，被评为《经济观察报·书评》"年度致敬译者"等。

西班牙诗人海梅·席勒斯是西班牙战后诗坛新锐派的代表人物，著有《光的起源》（*Génesis De La Luz*, 1969）、《典范》（*Canon*, 1973）、《水的乐章》（*Música de Agua*, 1983）、《信号灯，信号灯》（*Semáforos, Semáforos*, 1990）、《雪上行迹》（*Pasos en la nieve*, 2004）、《言说行动》（*Actos de habla*, 2010）、《凸状鸟》（*El pájaro convexo*, 2022）等诗集20余部。他不仅是诗人，也是文学评论家和诗歌翻译家，译有华兹华斯、策兰、波德莱尔、柯勒律治等人的诗作。

诗人席勒斯曾宣称：语言是唯一的现实，文本是唯一的舞台。他的诗作标题中的"Grafema"是一个语言学术语，按照词典上的定义是"字素"或"书写单位（某一语言的文字系统中最小的区别性单位）"。中译别出心裁，将之译为"元格"，可见译者并未照搬词典义项，而是对诗作的主旨有自己的理解和把握，在此基础上提炼出这一字眼，"元格"之"元"即元诗之元。诗题往往如诗眼，译者以自铸新词的方式在题目中凸显了诗作的元诗性。诗歌的整体处理上也能看出较强烈的文体意识和对一己风格的追求。

　　译文中个别细节或可再斟酌，如将原诗中重复出现两次的"interior a"分译为"涵容于"和"拘于"是否恰切，以及"赋形于斯"这样的增译是否有必要……但总而言之，都不失为可供探讨的有益尝试，在某种意义上展开了解读的空间。正如诗人席勒斯在他的《诗歌与翻译：细节问题》（*Poesía y traducción: Cuestiones de detalle*, 2005）一书中所说的，讨论诗歌翻译即讨论诗歌本身，也是一种对词语的"可变性"的反思。

语法课

史蒂夫·科威特

译者：关舒丹，南开大学外国语学院本科生

名词是事物的名称，动词是做的事。
形容词是名词的装饰物。
比方说，"在那个甜菜罐头里充满着紫色绒毛"

"在"是介词，"那个"是
冠词，而"罐头"是名词。
名词是事物的名称，动词是做的事

罐头能滚动——或者不能，它不是"曾能"
也不是"也许能"，"也许"意味着还不清楚。
但"我们的甜菜罐头里充满着紫色绒毛"

这句就是现在时。像"我们的"和"我们"这样的词
是代词——也就是像"它发霉了"，"它们是恶心的棕色"
中这样的词。
名词是事物的名称，动词是做的事。

"着"是个助词。它很有用，因为
"充满"不是一个有着完整意义的动词。"罐头"是"我
们"所拥有的
在"我们的甜菜罐头里充满着紫色绒毛"

看见了吧？语法学习根本不是什么难事。只要你
记住这些规则……或者把它们写下来！
名词是事物的名称，动词是做的事。
"在那个甜菜罐头里充满着紫色绒毛"

1995

语法课

史蒂夫·科伊特

译者：蒋博，信息工程大学洛阳校区外国语学院本科生

名词即事物。动词即如何做。
形容词用以描述名词。
在"这甜菜罐头里长满了紫绒末"

句中，"里"作介词，"这"作
冠词，"罐头"是名词，
名词即事物。动词即如何做。

罐头能滚动——或不能。没有，已经，或
可能长满。"可能"意味着目前未知。
"我们的甜菜罐头里长满了紫绒末"

这句话是现在时。而词若
"我们"，是代词。比如：这已发霉，它们泛黄而黏质。
名词即事物；动词即如何做。

"满"满有用。其用作
修饰"长"的状态。"罐"中是"我们"所持
在"我们的甜菜罐头里长满了紫绒末"。

懂了吗？语法并不困难。只不过
记住这些规则……或誊记于纸！
名词即事物，动词即如何做。
这甜菜罐头里长满了紫绒末。

语法课

史蒂夫·科威特

译者：吕贝茜，北京外国语大学英语学院本科生

名词即物。动词是物之行
形容词为描摹物形
试看"那甜菜的罐子是由紫色绒毛填平"里

"的"和"由"乃介词。"那"
是冠词，"罐子"为名词，
名词即物。动词是物之行

罐子惯能翻腾——亦可不为。非也或为曾是
或为可能，"可能"表示尚未可知
"我们的甜菜罐是由紫色绒毛填平"

是现在时态。而诸如"我们的"和"我们"一类
叫作代词——例如它发霉了，和它们是害人膈应的棕色
名词即物。动词是物之行

"是"本身为助动词。说它协助是由于
"被填满"不是完整的动词
"罐子"是为"我们"所有的
在"我们的甜菜罐是由紫色绒毛填平"一句

瞧见没？几乎不在话下。只消
记住这些规则……或是诉诸笔头！
名词即物。动词是物之行
那甜菜的罐子是由紫色绒毛填平

语法课

史蒂夫·科威特

译者：祝月灵，浙江大学外国语学院本科生

名词是事物，动词是所做的事。
形容词修饰名词。
"紫色绒毛长满那装甜菜的罐子"

"的"和"满"是虚词。"那"是
冠词，"罐头"是名词，
名词是事物，动词是所做的事。

罐头可滚动，亦可静止。这件事
不发生在过去或者也许发生，"也许"是尚不可知。
"紫色绒毛长满我们那装甜菜的罐子"

是现在时。"我们"和"吾辈"都是
代词——正如"它长霉""它们又黄又湿"。
名词是事物，动词是所做的事。

"是"是系动词。被动的"长满"不是独立动词。
"紫色绒毛长满我们那装甜菜的罐子"
"罐头"是"我们"的物事。

看到了？没啥大不了，只是
记住这些规则……或者写上纸！
名词是事物，动词是所做的事。
紫色绒毛长满那装甜菜的罐子。

破铜烂铁

奥斯卡·帕斯提奥

译者：李艳琳，南昌航空大学外国语学院本科生

你是科技和知识孕育出的：
不大热情但充满活力的物什：
任何人际关系都被骤然剪断
你要做什么，就去那愚蠢的领域做吧

再想想青蛙：
连龙卷风都会迷路：
给脂肪留一点生存的空间，
愿有天意和丝绸，
如果你可以
但要小心这些蠢建议：

月亮以它自己的方式没了食欲：
尽管如此也请把肥皂放进你的耳朵，
别管甲床，笨拙地
去抓住那灰色的纸：

当面对那湿润的大脑沟壑
你的"脑"会经历几个阶段：
蓝、黄、红和别的颜色
当然还有愚蠢的金属色——
去展示你做不到的事
尽管这会：使你支离破碎

你依然能发光发热
别掩饰你智力低下，没有心眼的事实
别拿蛋壳做虎钳：

被糟糕的天气分解
你必然会：
在那些腌臜地毫不惧污泥，
你在笨拙的领域让人失望

你随电而生，
也卑微不已
侧边的开关一摁，
你便成无用的破铜烂铁
你要做的：
浓重而黏腻，
虽不情愿
干脆地去做吧。

茉莉花盛放

维克多·索斯诺尔

译者：陈铖，北京航空航天大学外国语学院硕士生

茉莉花盛放。
散发着铁锈味。
众园里密密的铁栅栏。
像雄鸭似的排排长凳。
胆汁一样
弥散在城市森林的条条小径。

纷飞的花瓣！高傲的花朵！
我像先人那样惘然伫立。
就如十年前——
十六岁时——
茉莉花盛放。
我在流泪。
茉莉花盛放。我在流泪。

舞步

是花瓣的轻旋。
而贡献呢?
茉莉花盛放!
感伤!
我的雪在夏日的温室中绽放!
风雪肆虐在温室中!
雪花轻扬在温室中!
而我好像和它站在一起。
但周边
无人
可诉衷肠。
茉莉花盛放……

盛放吧,茉莉花!

1962

茉莉花在绽放

维克多·索斯诺拉

译者：武鑫，内蒙古师范大学外国语学院硕士生

茉莉花在绽放
却散发出马口铁的味道
公园里的铁杆
长凳像公鸭一样
胆汁
洒满城市的林间小道

纷纷扬扬！多么傲慢！
我失魂地站着，像先祖那般
十年前
十六岁
茉莉花开了
我竟哭了。

茉莉花开了，我竟哭了
舞蹈

花瓣的舞蹈

怎会是些微功劳？

茉莉花在绽放！

多愁善感呦！

我的雪在夏日暖房里绽放！

暖房里的暴风雪啊！

暖房里的雪！

我伫立其间

身旁

却无人

与我共享

茉莉花在绽放……

尽情绽放吧，茉莉花！

1962

闷热的夜晚迎来拂晓

阿兰·米诺德

译者：刘羽馨，西安外国语大学欧洲学院本科生

夜与欲望一同被寂静延长
水与文字一同被拆碎磨研
它们存在，但毫不干扰我与夜晚共处
房间闷热，我正踏上旅程

我曾希求"乌托邦"和"舞蹈之魂"
城市正是滋养它们的肥沃土壤……
风不见踪影：顶楼——它常光顾的地方
使我感到如履薄冰

窗帘折射出方整的光亮
啊！帘里竟藏有一宫殿的珍宝！
让我打开这窗！月光照耀稀疏的云
让我倾洒我的诗篇，希望它们沐浴月光

这巷落是我沉溺幻想的河

在它灰白的表面，夜色沉静
善泳者不曾在此出现，何其罕见
无畏的歌在此唱响，余音绕梁
沿着路砖有缕缕细流，缓缓流淌
她以慵懒的歌声，唤醒拂晓
这浅白的城中小岛，何其优美
它带来喧嚣的声响，如波如涛

摩周湖

藤原定

译者：陈愉欣，浙江大学文学院硕士生

汇聚于山峡底部的意志
凝成浑圆水面
况且并无意志可循
高渺空蒙之眼

从彼处巨眼之中
似有千百只鸟势如利箭
倏然腾空
但——无非微澜粼粼闪现

于沉寂之中
孕生千言万语
最初的细微律动
道尽一切奥秘

为了不被摄入

那处深邃的眼瞳
神山摩周岳
以棱角相抗自成一峰

1954

摩周湖

藤原定

译者：凌云峰，浙江越秀外国语学院东方语言学院本科生

汇聚于谷底的自然意志
围成一片湖
那高傲而漠然的眼眸
却未曾露出自然的痕迹

突然
仿佛看到鸟群如箭一般
飞离那大地巨眼
但那只不过是湖面泛起的微波罢了

在如此寂然中
任何辞藻都显得多余
在那最初的一举一动之中
就已道尽一切

为了不被那

深邃的眼眸吞没
摩周山用悬崖峭壁
一边抗争着一边自成一格

字　形

海梅·西莱斯

译者：姜铸恒，北京外国语大学西葡语学院硕士生

空白的时间之前
是字行响亮的图画

颜色的节奏之前
是好似书页的空间与节拍的
字行的时间

书页的空白之前
是字行的空间与时间

文字的身体，写作
是不同色彩空间的节奏：
黑上衬白
白上叠黑
是字行的空白空间
是书页的空白空间

是色彩的空白空间

写作是先于那身体的节奏
是置身那空间内的旋律

白纸黑字的书写
只知晓一种符号：
颜色中遁形的白

1983

语法课

史蒂夫·科维特

译者：戴安妮，华中师范大学文学院硕士生

名词是件东西。动词表明那东西是干什么的。
形容词用来描述那名词。
在这句"那甜菜所在的罐头是被紫色绒毛填满了"

"在"和"被"是介词。"那"是个
冠词，"罐头"是名词，
名词是件东西。动词表明那东西是干什么的。

罐头能滚动——或不动。没有过的
或也许没有的，"也许"意味着尚未知的内容。
"我们那甜菜所在的罐头是被紫色绒毛填满了"

是现在时态。虽说像"我们的"和"我们"这些词
是代词——亦即它是霉的，它们是恶心的棕色。
名词是件东西。动词表明那东西是干什么的。

"是"是个有用的动词。它有用是因着
"填满了"并不是完整的动词。"罐头"是"我们"的
在这句"我们那甜菜所在的罐头是被紫色绒毛填满了"。

发现了吗？这非常简单。记着
这些规则就好……或把它们写下来！
名词是件东西。动词表明那东西是干什么的。
我们那甜菜所在的罐头是被紫色绒毛填满了。

语法课

斯蒂夫·科威特

译者：黄丽雯，上海政法学院语言文化学院本科生

名词为物。动词谓其所为之事。
状语之用在言名词之状矣。
若说"此盛甜菜之器，有紫色细毛满之"

"之"与"有"为介词。"此"，
为冠词，"器"为名词，
名词为物也。动词谓其所为之事。

一器可转，或否。不存者，
或可得，或尚不得知。
"吾盛甜菜之器，有紫色细毛满之"

为现在时。而词若"吾""我"之属，
皆为代词——即，此菜既坏，其色丑棕。
名词为物也；动词谓其所为之事。

"为"为助动词。其用以
"满"非实义动词。"器"为"吾"所有之物，
于"吾盛甜菜之器，有紫色细毛满之"句中。

见乎？无他。只需
记之于心……或书而写之！
名词为物也。动词谓其所为之事。
此盛甜菜之器，有紫色细毛满之。

1995

语法课

史蒂夫·哥维

译者：蒋馨，中国矿业大学外国语言文化学院硕士生

名词说的是东西。动词说的是这东西干了什么事。
形容词描述这个东西怎么样。
且看"一瓶甜菜罐头里装着紫色的物质"，

"里"是介词。"一"是
量词，"罐头"是个名词，
名词说的是东西。动词说的是这东西干了什么事。

罐子可以摇摇晃晃也可以一动不动。不是
过去发生的，也不是也许发生的——"也许"就是还
不太清楚——
"我们的甜菜罐头里装着紫色的物质"

时态是现在时。"我们的""我们"是
代词，代词还可以是这样：它发霉了，它们的棕色不好看。
名词说的是东西。动词说的是这东西干了什么事。

"装着"的"着"是助词。时态助词
跟在动词后。"罐头"是"我们"的罐头，
因为"我们的甜菜罐头里装着紫色的物质"。

看见没？学过就会发现没什么大不了。要做的只是
记住这些规则……或者拿笔将它们记下！
名词说的是东西。动词说的是这东西干了什么事。
一瓶甜菜罐头里装着紫色的物质。

1995

语法课

史蒂夫·科威特

译者：赖贤帅，电子科技大学外国语学院本科生

名词是有所是，动词是所是之所为
形容词是所是之外衣
在"这罐头甜菜充满了紫色绒毛"的话语中

"所属"与"所依"以介词定论
定冠词是一顶冠词，"罐头"是一位名词
名词是有所是，动词是所是之所为

罐头可以滚动——或停滞。所是无物
抑或所是有所是，"可能"的情态喻示尚未认知
"我们的罐头甜菜满是紫色绒毛"

是现在时。而"我们"所含有的主格宾格
都是代词，即"它发霉了，它们有着黏腻的棕色光泽"
名词是有所是，动词是所是之所为

第三人称状态的"是"是一个助动词，它只能辅助
因为"圆满"的被动形式不是一个圆满的词。"罐头"
是"我们"在"我们的罐头甜菜满是紫色绒毛"中的有
所是

瞧见了吗？这里几乎空无一语。只需——
记刻这些规则……或者书之于卷！
名词是有所是，动词是所是之所为
这罐头甜菜充满了紫色绒毛

书于 1995 年

语法课

史蒂夫·科威特

译者：李佳美，中南大学外国语学院硕士生

名词即物，动词是动之作用于此物。
形容词是对该名词的描述。
在"The can of beets is filled with purple fuzz"
（这装有甜菜的罐头布满了紫色绒毛）这句子中

"of"（装有）和"with"（拥有）都是介词。"The"
（这）是冠词，"can"（罐头）是名词。
名词即物，动词是动之作用于此物。

"罐头"可以滚动——或滚不动。现在不是的曾经是，
或许将来可能是，"可能"意味着还未知。
"我们这装有甜菜的罐头布满了紫色绒毛"

此句就是现在时；而像"我们的"或者"我们"这样
的词
都是代词——即都是些没劲儿的家伙，它们呈乏味的

褐色。

名词即物，动词是动之作用于此物。

"is"（是）是助动词，其所以如此
是因为"filled"（满）并非完整动词。
在"我们这装有甜菜的罐头布满了紫色绒毛"一句中，
"罐头"是"我们的"所有物。

明白了吗？这句子几乎没啥了不起。只要
记住这些规则……或者把规则写下来就成！
名词即物，动词是动之作用于此物。
这装有甜菜的罐头布满了紫色绒毛。

遗渣之物

奥斯卡·帕斯提奥

译者：全源，大连外国语大学德语学院硕士生

窳劣茁壮，自技术与知识诞生：
又急骤地消亡，先于任何关系：
你将做的事，要去愚氓之地

再想想那些青蛙：风暴也会迷路：
给肥膘留条活路，成为天意和丝
衣，如果你可以，留心那愚蠢的

忠告：月亮，以自己的方式，没有
胃口：可是肥皂仍遁于耳蜗，漠视
你的指甲，拙诚地寻求，那灰白的

纸囚：面对潮湿黏滞的脑垂体
你的星辰开始流驶：幽蓝、暗黄
血红和别的什么颜色，金属般痴钝——表现出

你的无能为力，你聚离、散佚：
你仍可发亮：别不蓬勃地
隐瞒心拳，不要在鸡蛋的

壳中，摆弄虎钳：散裂在
污脏的天气，你应：踏足进错置
之地：别惧怕淤泥，成为人类的

颓望，在踉跄的视野里：闪电飞光地
轰轰烈烈地诞生，又黯淡在近旁，你将
做的事：要做得枯槁黏泞，要愤懑不平、热泪满盈。

茉莉花开

维克多·亚历山德罗维奇·索斯诺拉

译者：玛尔哈巴，北京航空航天大学外国语学院硕士生

茉莉花开，
但袭来阵阵铁腥气。
那些公园里直挺的铁杆。
像鸭子的坐台，
这气味似胆汁，
充斥着各个林荫小道。

好气人的茉莉花絮！好骄傲的茉莉花！
我好似先人，惊慌失措地站着。
正如十年前那般——
在十六岁时——
茉莉花绽放。
我在哭泣。

茉莉花开。
我在哭泣。

花瓣

漫天飞舞

这就是茉莉花的靓丽？

茉莉花盛开！

而我为何惆怅不已！

我的雪花绽放在夏天的温室里！

暴风雪在温室里！

雪花在温室里！

我站着，和它一起。

而旁边

没有人

分享。

茉莉花开……

盛开吧，茉莉花！

茉莉绽放……

维克多·索斯诺拉

译者：肖本涵，中国人民大学外国语学院本科生

茉莉绽放。
却弥漫寒铁的味道。
而公园里的铁栏杆。
像长凳上的凫翁栖息。
城市林荫小径
氤氲胆汁的气息。

花团儿哟！多么自诩不凡！
我惶然伫立，同远祖一般。
就像十年前——
十六岁那年——
茉莉绽放的时候。
我落泪。
茉莉绽放。我落泪。

舞

由花瓣蹈成。
而奉献呢?
茉莉开花!
多愁善感!
我的雪绽放在夏日的暖房里!
温室里的暴风雪!
温室里的雪!
而我伫立,似茉莉之流。
可周遭
无人能与之
同享。
茉莉绽放……

怒放吧,茉莉!

1962 年

夏夜曼

阿兰·米诺

译者：李紫澍，南开大学外国语学院本科生

寂静凝滞了夜，茶凉忘口渴
需冷水清冽，伴我词斟句酌
若吟诗咏赋，良宵便难消逝
你定然不会想到，
我虽身处陋室，心却于远方漂泊

我曾幻想乌托邦和舞动的灵魂
眠小城，诗与远方入梦，卉木离离繁花生
没有一丝流风，
这间仓库——他的凝重，屏息怕扰心弦动

帷幔摇曳，抬眸见碎玉胧明
是的！那里定有奇珍满目、桂殿兰宫
推窗望月，云若羔羊
我任文思涓涓，引它们赴我相拥

小巷是我倾诉愁思的渠沟
在它苍白的面颊下，黑夜肃穆凛然
然而总有那些浪子，不会循规蹈矩
那里流唱着，勇者的游吟诗

路边的水沟中，月色静静流淌
咕咕私语声间，黎明渐渐苏醒
佳人遗世而立，盖岛上曙光熹微
朝霞领我们步入，喧嚣涌动的尘世

摩周湖

藤原定

译者：刘林云，中国人民大学国学院博士生

意志注入峡谷的深处
使水面清圆
又不显露任何意志的痕迹
而目光深陷于茫然之境

从那大地的巨眼里
好像有千百只锋锐的鸟
猛然间飞冲而出
——却不过是涟漪片刻的闪动

在沉默之中
所有的言语便足以酝酿成熟
哪怕一个轻微的多余之举
都会扼杀任何倾诉的可能

伫立在那深邃的大地之眼里

为了不被吞没
摩周岳
以山棱为剑，捍卫着自我的存在

1954

摩周湖

藤原定

译者：谭琪，首都师范大学外国语学院本科生

山峡底部汇集的意志
令水面变圆
而意志不露行迹
湖水则似高处的茫然之眼

从地上那只巨眼里
千百只敏捷的飞鸟
倏然闪现
而——湖面仅泛起的一点涟漪，便也消散

沉默中
催熟了所有语言
最初的那个微小的动作
将一切言尽

为了不被吸入

那只深不可测的巨眼中
喀姆依努扑力山
用棱角对抗着，成为自己

摩周湖

藤原定

译者：谢孙炜，大连大学日本语言文化学院硕士生

那沉聚于谷底的意志
造就了这规圆的湖面
不必介然
这是深邃而又安详的眼眸

在这巨大的大地之眼之中
似见机敏之俊鸟万千
倏忽飞空
却道是微波漾漾罢了

沉寂
让所有的话语熟成
伊始之际那落寞的姿态
道尽了一切

深渊中那深邃的眼眸啊

到底要怎样才能不被你拉入怀中
摩周之岳
他以锋芒扞拒　成就了自我

字　符

海梅·西列斯

译者：徐佳轩，武汉大学文学院硕士生

铿锵的字行，
先于空白的时间。

字行的时间，
——如同书页的篇幅和节奏——
先于色彩的节奏。

字行的空间与时间，
置于书页的空白里。

文本的身体，书写
是色彩的间奏：
白，之于黑
黑，之于白
在字行的空白中，
在书页的空白中，

在色彩的空白中。

书写是一种节奏，先于此身，
置于此间。

白底黑字的书写
只识得一个符号：
色彩的
无形之空。

1983

语法课

史蒂夫·科维特

译者：樊雅兰，长江大学外国语学院硕士生

名词指物，动词表动作。
形容词修饰名词。
在"这幅关于橘子的画由于受潮应该会发霉。"
一句中，

"关于"和"由于"皆为介词。"这"为
代词，"画"为名词，
名词指物，动词表动作。

画可以画——或者不画。既不是"已经发霉了"
也不是"就发霉"，"就"意味着未知。
"我们的那幅关于橘子的画由于受潮应该会发霉。"
这一句不是"已经发霉了"，也不是"就发霉"，

是"发霉"，现在时。虽然可以使用代词"我们的"
和"我们"等词，表明它发霉了，但是霉菌

它们的棕色，令人恶心。
名词指物，动词表动作。

"会"为助动词，起着一定的作用，因为"发霉"
为半动词。在"我们的那幅关于橘子的画由于
受潮应该会发霉。"一句中，"画"为"我们"所有物。

看吧？没什么难的。只要背下这些规则……
或者好记性不如烂笔头，写下来！
名词指物，动词表动作。
这幅关于橘子的画由于受潮应该会发霉。

1995

语法课

史蒂夫·科维特

译者：姜婉婷，北京外国语大学英语学院本科生

名词表示事物。动词表示事物的运动。
形容词用于修饰名词。
例："此甜菜之容器为紫绒所填充。"

"之"和"为"是介词。"此"是
冠词，"容器"是名词。
名词表示事物。动词表示事物的运动。

容器容许滚动——或许不容。
既非过去，亦非将来，"或许"表达尚不知晓之意。
"吾甜菜之容器为紫绒所填充。"

是现在时。"吾"和"我"这样的词可用
作代词——也即，它腐烂了，它们是讨人厌的棕色质地。
名词表示事物。动词表示事物的运动。

"所"是助词，帮助"填充"
构成完全动词。"容器"
为"吾"所有。"吾甜菜之容器为紫绒所填充。"

明白了吗？多么通俗易懂。
记住这些规则……能写下来更好！
名词表示事物。动词表示事物的运动。
"此甜菜之容器为紫绒所填充。"

语法课

斯蒂夫·柯维

译者：刘瑞怡，西安外国语大学高级翻译学院硕士生

名词表事物，动词表动作，
形容词用以形容事物。
请看这句话：The can of beets is filled with purple fuzz
（甜菜罐头里满是紫红色甜菜）

其中，"of" 和 "with" 是介词，"The" 是冠词
"can（罐头）" 是名词，名词表事物
动词则表动作。

罐头可以滚动，也可能无法滚动。
"不确定" 即未知。
再看这句话：Our can of beets is filled with purple fuzz
（我们的甜菜罐头里满是紫红色甜菜）

这句话是现在时态。"our" 和 "us" 一类的词是代词
举些例子："它（it）发霉了"，"它们（they）是令

人讨厌的棕色"
"它"和"它们"也是代词
名词表事物，动词表动作。

"Is"是助动词，因为"filled"是不完全动词。
在"我们的甜菜罐头里满是紫红色甜菜"这句话中
"罐头（can）"为"我们（our）"所有。

看，语法如此简单，你只需
记住这些规则，或将它们抄写下来
"甜菜罐头里满是紫红色甜菜"
名词表事物，动词表动作。

写于 1995 年

语法课

史蒂夫·科威特

译者：陶春夏，湖南工业大学外国语学院本科生

名词指事物，动词指下达给事物的指令，
形容词则用来修饰名词。
在"这个装着甜菜的罐头正让紫色绒毛长满着"中

"装着……的"和"让"是介词，"这个"是
冠词，"罐头"是名词。
名词指事物，动词指下达给事物的指令。

罐头可以滚动，又或者不能，"什么"不是"是"
或"可能是"，"可能"意味着未知。
"我们的装着甜菜的罐头正让紫色绒毛长满着"

是现在时。像"我们的"和"我们"这样的词
是代词，即它发霉了，它们看上去成了过分甜的棕褐色。
名词指事物，动词指下达给事物的指令。

"正"是助词，它作用很大，
因为"长满"不是一个完整动词，
在"我们的装着甜菜的罐头正让紫色绒毛长满着"中，
"罐头"是"我们"所拥有的。

看？这没什么难的，只是
记住这些规则……或者把它们写下来！
名词指事物，动词指下达给事物的指令。
这个装着甜菜的罐头正让紫色绒毛长满着。

1955

语法之课

史蒂夫·科威特

译者：滕惠娴，东北师范大学外国语学院本科生

名词为所指之物，动词为所行之为，形容词为修饰之词。
在句子"此甜菜罐头被紫色绒毛充满了"中，
"被"是介词，"此"是冠词，"罐头"是名词。
名词是所指之物，动词是所行之为。

罐头可以滚——抑或是不能。
现在不是或可能是，"可能"意味着未知。
句子"我们的甜菜罐头被紫色绒毛充满了"是一般现在时。
句中"我们"为代词——换言之，
罐头发霉了，甜菜呈现出黏糊糊的棕色。
名词是所指之物，动词是所行之为。

"的"是助词。
之所以"助"，是因为"我们"是所有者。
在句子"我们的甜菜罐头被紫色绒毛充满了"中，
"罐头"是"我们"所属之物。

明白了么？语法其实并不难，
只要记住这些规则……或是把它们写下来！
名词是所指之物，动词是所行之为。
记住句子，"此甜菜罐头被紫色绒毛充满了"。

语法课

史蒂夫·科威特

译者：王文轩，湖南农业大学人文与外语学院本科生

名词是个物，动词表其行。
名词亦可与形容词眉眼传情。
一个句子见其形：
"那罐里的甜菜被盛得满满当当紫盈盈"。

"的""得"介词要分清，
"那"是冠词把"罐头"形。
"罐头"是名词，名词当中心；
动词是动作，名词把它行。

罐头能翻滚，或许也不行。
"不行""能行""或许行"，
"或许"表示尚不明。
"我们那罐里的甜菜被盛得满满当当紫盈盈"。

句子时态要分清，"我们那罐"现在新。

"我们"是代词，代替未知性。
罐头"它"长满霉斑，甜菜"它们"黏稠恶心。
名词是个物，动词表其行。

"被"是助动词，只因
"盛"一个动词不太行。
"我们"把"罐头"捧手心，
"我们那罐里的甜菜被盛得满满当当紫盈盈"。

怎样你看行不行？语法学来挺高兴。
只把这些规则记，或是动笔描个形。
名词是个物，动词表其行。
那罐里的甜菜被盛得满满当当紫盈盈。

1995 年

语法课

史蒂夫·科维特

译者：吴芷静，北京第二外国语学院欧洲学院本科生

名词为物，动词为事，
形容词描述名如斯。
且看"这甜菜罐中尽是绒毛紫"：

句里"中"字作介词，
"这"字领头来特指，
"罐头"在此是名词，
名词为物，动词为事。

罐头可动亦可止，一词多义难辨识，
似是而非未可知。
"我们的甜菜罐中尽是绒毛紫"，
恰如其分现在时。

词如"我们"是代词，
生活处处有例子：

"它发霉了"和"他们棕色真是桩恶心事"

名词为物,动词为事。
"是"有雅名"助动词",
只因"尽"字独木难支。
罐头你我囊中物,
正如"我们的甜菜罐中尽是绒毛紫"

如你所见非难事,
内化于心小巧思,
动动手指笔记之!
名词为物,动词为事,
这甜菜罐中尽是绒毛紫。

语法课

史蒂夫·科威特

译者：伍丽姗，广东医科大学外国语学院本科生

名词是一种事物
动词就是它所做的事情
形容词是用来描述名词的
　"在甜菜罐里装满了紫色绒毛"

　"在"是介词
　"了"是助词
　"罐"是名词
名词是一种事物
动词就是它所做的事情

罐头可以滚或不滚
不是或可能是
　"可能"意味着什么还不知道
　"我们的甜菜罐里都是紫色绒毛"

是现在时态
而像"我们"这样的词是代词
比如"它发霉了"中的"它"
"它们是黏糊糊的棕色"中的"它们"
名词是一种事物
动词就是它所做的事情

"是"是助动词
它可以帮助是因为
"都"不是一个完整的动词
"我们的甜菜罐头里都是紫色绒毛"
"罐头"是名词

看到了吗?
几乎没什么难的
只要记住这些规则
或者把它们写下来
名词是一种事物
动词就是它所做的事情
在甜菜罐里装满了紫色绒毛

1995

语之律

史蒂夫·科威特

译者：余芝璇，淮阴工学院商学院本科生

一实一事，一动随之，以形修饰。
于罐中装与，介出其中，与皆相连。
一罐一物，动继随变。

罐生动，亦生静，万般际遇不可言。
余罐正生变，余代指，正表时。
而罐中异变，恼其生腐，厌其成色。
一物一事，动继随变。

是助文句，动以之独立，
罐我所拥凭句而已。
知否？世间本无难事。
晓其规则，方破疑虑。

语法课

史蒂夫·科维特

译者：周慧敏，山东师范大学法学院本科生

名词是事物本身，动词是其所行
形容词用以描述名词
正如语句"这个（the）甜菜的（of）罐头（can）里满
装着（with）紫色绒毛"
那般

介词 of 与 with 联结词句
有冠词为 the，有名词为 can 一如名词作事物，动词表其行

容器任其滚动与否，是非不定，
"或许"意喻着未知的可能
我们的（our）甜菜罐头被（is）紫色绒毛填满（filled）

这是现在时态，有如 our 与 us
二者是指称的代词
恰似它（it）发霉了

它们（they）是黏腻的棕褐色
此即名词作事物，动词表其行

is 是助动词，助益语句完整
原是动词满载（filled）非实意
正因我们的甜菜罐头中装满紫色绒毛
方知晓罐头为我们所有

知否？无须多言，谨行如下
记忆规则种种
抑或述写纸上
名词是事物本身，动词是其所行
紫色绒毛充盈，填满甜菜罐头

语法课

史蒂夫·科威特

译者：周雨辰，英国伦敦国王学院数学系硕士生

名词是件物什。动词是它所做的事。
形容词是描述名词的词。
如"这个用以装甜菜的罐头且被填满紫色沫子"

一句中 以 和 被 是介词。个 是
冠词，罐头 是名词，
名词是件物什。动词是它所做的事。

罐头能够滚动——或者不能。并非 曾是
或 也许是 的，也许 意味着尚未可知。
"我们用以装甜菜的罐头且被填满紫色沫子"

是现在时。而诸如 我们的 与 我们 是
代词——例如它霉迹斑斑，它们棕黄黏湿。
名词是件物什。动词是它所做的事。

且 是个助词。它能辅助结构缘自
被填满 不是完整动词。罐头为我们所持
在"我们用以装甜菜的罐头且被填满紫色沫子"

看见了吧？它没什么内容。
只要记住这些规则……或把它们落笔成字！
名词是件物什。动词是它所做的事。
这个用以装甜菜的罐头且被填满紫色沫子。

破铜烂铁

奥斯卡·帕斯提奥

译者：蔡行健，苏州大学外国语学院本科生

从技术和知识中勉强而果敢地诞生：
在任何关系之前突然熄灭：
不管做什么，从不擅长的领域着手吧

想想青蛙：即使是飓风也会出错：
给脂肪发泄口，是天意和丝绸，
如果可以的话，听听这些愚蠢的

建议：月亮没有胃口：
我耳朵里有肥皂，
忽略你的甲床，笨拙地伸手去够那张

灰色的纸：面对着一个潮湿的
大脑坑，你的星辰正缓缓运行：蓝色，
黄色，红色和其他颜色，甚至是愚蠢
的金属——展示了

你不能做的事情，把自己分开：
你仍然可以发光：不要把你
不成熟的秘密变成心拳，不要把你的
蛋壳

变成老虎钳：在肮脏的天气分别，
这就是你应该做的：在错误的地方行
动：不要害羞，粗鲁的方式成为

人类的失望：生来就有电流
和肮脏，一侧熄灭，无论你做什么：
做得满满的，俗气的，不情愿的，大
胆的。

一堆破烂

奥斯卡·帕斯托尔

译者：段干禧，同济大学外国语学院硕士生

不甘愿地、不拖沓地从技术与知识中降生：
在每一种关系面前骤然
幻灭：无论你做什么，在笨拙的领域里做

并想想青蛙：哪怕是旋风也会犯错：
如果可以，给脂肪一个出口，成为天命和
丝绸：但请注意这些愚蠢的

建议：月亮以它自己的方式
没有胃口：尽管如此，有肥皂在你的耳中，别在意
你的甲床，去粗笨地抓那张

灰色的纸：当你的星辰对着脑中一个潮湿的坑洼
进入相位——蓝色的、黄色的、
红色的、其他颜色的，还有似金属般愚笨的——时，
展示那些

你做不了的事，然后把你自己聚合成一大块儿：
你仍可以发热：不要用你那拙劣的秘密
铸成心形的拳头，不要用蛋壳

制作老虎钳：天气糟糕的时候
头发被分开，这是你应该做的：在错误的
领域里做：别怕满盘皆输，在笨拙这方面

成为一个人性的失望：镀满金属、沾满液体地
降生，从旁幻灭，无论你做
什么，又厚又浓、又湿又黏、不甘愿地、不拖沓地做。

破 烂

奥斯卡·帕斯蒂奥尔

译者：黄梓灵，中国人民大学外国语学院硕士生

自技术与知识中降世，负心违愿、决绝果断：
在每段关系起始前，蓦然
湮灭：无论何事，都请在愚鲁的境域予以施展

将青蛙纳入思量：飓风亦会失途迷航：
若能，赐脂膏以出口，成为神谕
化作绸缎，但请留心以下蠢见：

月亮随其所欲，不感渴饥：
纵使如此，以肥皂入耳，忽略
你的甲床，笨拙地伸手探那灰纸：

若与潮润脑沟相对，你的星辰
移入相位：青，黄，赤，
余外种种，还有蠢金属色——展示

你所不能，一面凝结，一面散逃：
你仍能燃烧：勿将粗劣的饰矫
攥作心拳，勿将蛋壳

铸为虎钳：天候秽污，
发梳中分，应在错误的境域着手：
莫惧泥淤，在愚鲁方面

定要让人失望：生而通体流电、卑琐微贱，
于侧边熄灭，无论做何事：
要淋漓尽致，带水拖泥；要负心违愿，决绝果断。

茉莉正盛开

维克多·索斯诺拉

译者：李馨洁，武汉大学外国语言文学学院本科生

茉莉正盛开。
散发出铁皮的气味
那是公园铁质的栏杆
就像赛列兹尼的长凳
胆汁流过的
城市里树林的小径

这飞絮！这般傲慢！
我堂皇无措，好似我的先祖
同十年前别无二致
十六岁时
茉莉正盛开
而我在哭泣

茉莉正盛开　而我在哭泣
舞曲行进

是花瓣在舞蹈
至于它的贡献？
是盛开的茉莉！
多愁善感的！
我的雪花在夏日的温室中盛开！
温室里的雪暴！
温室里的雪片！
我伫立着，好似与它同化
在周遭
也没有人
能分享
茉莉的盛开……

茉莉，正盛开！

1962

茉莉花盛放

维克多·索斯诺拉

译者：汪新旻，苏州大学外国语学院硕士生

茉莉花盛放。
空气中却只有铁的气息。
公园里铁杆矗立。
还有像公鸭形状的长椅。
以及那如胆汁一般墨绿的
城市森林的幽径。
茉莉繁茂的花絮！是那样的高傲！
我站在它面前，惊叹又茫然，如同初次遇见茉莉的先
人那样。
恍惚十年之前
我的十六岁
茉莉花也在盛放。
而我却哭泣。
茉莉花盛放。我却哭泣。
茉莉的舞蹈
是花瓣的翩跹。

茉莉的贡献？

是温柔的感伤！

我的雪在夏天的温室里绽放！

在温室里暴雪纷飞！

在温室里雪花轻扬！

我站在那里，和曾经的那些人一样。

可身旁

却无人

分享

茉莉花的盛放……

继续绽放吧，茉莉！

茉莉在盛放

维克多·索斯诺拉

译者：王思齐，浙江大学外国语学院博士生

茉莉在盛放
却氤氲着白铁的味道
公园里铁制的栏杆竖立着
长凳像公鸭一样蹲伏着
焦灼不安地延展着
一条条城市林间的小路

那团团白絮！已然鼓胀起来！
我茫然地伫立，一如蒙昧的先祖
一如十年之前——
十六岁的时候——
茉莉在盛放
而我在流泪

茉莉在盛放，而我在流泪
舞蹈

被花瓣蹁跹着

而那微末的？

茉莉在盛放！

敏感又温情！

我的雪花盛放在炎夏的温室！

温室中的雪暴！

温室中的白雪！

我偕它，一齐伫立

而近旁

却无人

能同赏

茉莉在盛放……

茉莉，请盛放！

1962 年

茉莉绽放……

维克托·索斯诺拉

译者：杨朵，北京航空航天大学外国语学院博士生

茉莉绽放。
却铁锈味飘荡。
在铁栏围起的座座公园里生长。
鸭子状的长椅排排摆放。
胆汁一样
城市森林的小道蜿蜒流淌。

雪絮飘扬！头颅高昂！
我像一位老者，站在那里怅惘。
就像十年前——
十六岁年方——
茉莉绽放。
我泪湿眼眶。

茉莉绽放。我泪湿眼眶。
舞蹈

是花瓣飞扬。
而贡献虚妄？
茉莉绽放！
心绪感伤！
我的雪花在夏日的温房盛放！
暴风雪在温房！
雪花在温房！
我就站着，像它一样。
而近旁
无人
可以分享。
茉莉绽放……

绽放吧，茉莉！

1962

茉莉花盛开……

维克多·索斯诺拉

译者：张晋茹，北京航空航天大学外国语学院硕士生

茉莉花盛开。
散发着铁锈味。
公园里铁栏杆遍布。
像公鸭一样的条条长凳。
胆汁般
城市森林的弯弯小路。

多美的花絮！多傲的花朵！
我像先人那样茫然伫立。
如同十年前——
十六岁时——
茉莉花盛开。
我在哭泣。

茉莉花盛开。我在哭泣。
舞蹈

由花瓣造就。

而贡献呢?

茉莉花盛开!

悲愁感伤!

我的雪花在夏天的温室里盛开!

温室里的暴风雪!

温室里的雪花!

而我站着,就像和它一起。

周围

却无一人

可以分享。

茉莉花盛开……盛开吧,茉莉花!

1962

茉莉花开……

维克多·索斯诺拉

译者：郑玥祎，首都师范大学外国语学院博士生

茉莉花开。
气味却像铁皮。
公园铁栏林立。
凫鸟般的长椅。
城中林荫小径
似胆苦涩幽碧。

如此白絮！多么神气！
我站着，像远祖般张皇犹疑。
好似十年前——
十六岁时——
茉莉花开。
我哭泣。

茉莉花开。我哭泣。
落英

翩跹舞毕。
又有何益?
茉莉花开!
心生悲戚!
我的雪蕾绽放在夏天的暖棚里!
棚中风号雪烈!
棚中琼花银屑!
我站着,像是它的同道一名。
身侧
无人可
倾吐衷肠。
茉莉花开……

开吧,茉莉!

1962 年

在一个炎热的夜晚

阿兰·米诺德

译者：陈瑜婕，西安交通大学外国语学院本科生

夜色和我的渴望因沉默而停留
我离开，伴着清凉的水咀嚼我的词句
它们并不阻止我在它们面前迟眠
自我所在之处开始，这是一场在干燥的船舱中的旅程

我曾梦到"乌托邦"与"舞之魂"
因它们的陪伴在城市中富余……
四下无风：货栈——它的坚持
让我感到身处钢索之上

窗帘将我送回光的方格里
是啊！那里藏有何等宝藏，如同在宫殿之中！
我将它拉开！月光养育了许多浅色绵羊
我倾吐我的诗行，好像想要将它们牵住

这条街巷是一条运河，我于此处出神地倚靠

在它苍白的面色之下，夜依旧坚实
至于不寻常之事，这里没有泳者
在那里，我们挂起一首波澜无惊的歌

一条细流沿着人行道涌动而来
它懒散地轻歌，昭示着黎明的升起
在这个黯淡的海岛上，我们的城市美丽无比
伴着波浪让我们回到这里，到它的喧嚷哄闹之中

漫漫夏夜之际

阿兰·米诺德

译者：刘西龙，四川外国语大学法语学院本科生

寂静的深夜拉长了我的干渴
我将词句与清水一同饮下
这并不足以填满我的夜晚
我所游历处宛如干燥窄室

我幻想"乌托邦"和"舞之魂"
他们的陪伴在城中是如此繁多……
没有一丝空气：仓储——这份坚定
让我觉得仿佛置身游丝之上

帘帐向我映出方形的光芒
是的！那里藏着宫殿一般的宝藏！
拉开！月光滋养着许多白净的绵羊
我倾倒出我的词句为了将它们引来

小巷是一条运河，我在其中倾倒冥思

夜晚有着苍白的面孔仍却坚挺
不同寻常的是此中并无游泳者
悬挂着几首不知畏惧的小调

一条沟渠沿着路面滚滚而来
它的低语预示着黎明的到来
我们美丽的城市位于浸润的岛屿之上
将我们送回了吵嚷的浪潮中

炎热一夜

阿兰·米诺

译者：肖慧宁，武汉大学外国语学院硕士生

夜晚和那因寂静迟来的渴意
我要和着凉水咽下词句
它们不会再现身阻碍我的夜巡
我将游历的，是干燥的斗室

我曾梦到"乌托邦"和"舞蹈之魂"
它们在城市有多少同行
没有一丝风：仓库——它的岿然不动
让我以为悬于一线

窗帘引我转向一方光亮
是啊！那里有如宫殿藏着多少珍宝！
我打开！月光驯养如许的浅色绵羊
我吐泄诗行恍若为之牵引

小巷是条水渠而我俯身沉思

夜色苍白却不失坚定
奇怪的是这里竟无一个游水的人
某支无畏的歌曲在其间流连婉转

沟渠沿着街道流淌
呜咽声声昭示着晨曦将至
我们的城市在这水洗的洲屿中如此美丽
让人在此也能遥想它那轰鸣波浪

摩周湖

藤原定

译者：崔济宇，大连交通大学外国语学院本科生

投入山峡中的意志
将水面揉成一面圆镜
意志本应无状无形
那茫然若失的眼

从大地睁开的巨眼中
顷刻间
似要冲出飞鸟万千
可——只不过是微波泛起

无声的沉默
将一切语言孕育成熟
隐约可见，原初的身姿
将一切倾诉

为了不要坠落

于那地底深邃的眼眸中
卡姆伊修山啊
用棱角抗争的同时成就了自我

摩周湖

藤原定

译者：杜欣，首都师范大学外国语学院硕士生

峡谷底部汇聚的意志
让水面浑圆
意志不漏形迹
高高的自然之眼

那只巨大的眼
看见千百只灵敏的鸟儿
忽地起飞
而湖面仅闪动点点波痕

沉默中
让所有的语言成熟
最初的细微姿势
说出一切

为了不被吸入

那只深邃的眼中
卡姆伊努普利山
用棱角对抗着成为自己

1954

摩周湖

藤原定

译者：郜翊含，哈尔滨师范大学东语学院本科生

在峡谷底部集中的意志
将水面弄圆
而且没有任何应有意志的事物
高傲的放荡的目光

从那片土地巨大的眼中
我仿佛望见了千百只灵活的鸟
迅速地飞上天空
涟漪只闪动一瞬

在沉默中
令所有言语都成熟
以最初微弱的姿态
将一切都道尽

为了不被吸入

那地底深处的眼眸中
卡姆伊努普利山
它一边用棱角反抗一边成为自我

摩周湖

藤原定

译者：马楚萱，香港中文大学（深圳）经管学院本科生

集中于山峡之底的意志
塑水面为圆
且不留任何应有意志之物
高峻而惚恍的眸

恍若有千百轻捷的鸟
从那境域的巨眸中
倏然振翅而起
实则——不过是粼粼波光零星几点

万籁俱寂中
所有言语在此酝酿
以最初的隐约肢语
道尽一切玄秘

为不被吸入

那境域的深邃的眸中

神灵之岳

以棱角相抗　随之独立出自我

摩周湖

藤原定

译者：张继源，牡丹江师范学院东方语言学院硕士生

在峡谷深处聚集起来的意志
把水面弄圆
那水面本该有意志的
却像是一只什么也没有的
茫然若失的眼睛

从那片土地中　那只巨大的眼睛里
上千只尖锐的鸟
像是要飞起来了
水面仅泛起一丝涟漪

在沉默中
让所有的语言都成熟
用最初那卑微的身躯
倾诉一切

在那地底深处的眼眸中
雌阿寒岳
为了不被吞噬进去
一边用棱角反抗　一边成就自己

1954

摩周湖

藤原定

译者：赵恩莹，浙江大学外国语学院本科生

在山谷的底部积聚的意志
抹平水面的棱角
却不曾留痕
高处失魂之眼

从那片巨大的眼睛
看到千百只迅敏的鸟儿
唰的飞过
而——一切不过细波炯炯

沉默之中
使所有言语成熟
以最初的微小动作
言尽一切

为了不陷入

那片深邃的迷眼
摩周岳
一面以棱角抵抗
一面铸就自我

诗降临之前

海梅·希勒斯

译者：曹桢，上海外国语大学西方语系硕士生

文字尚未现形
画面已然喧嚣

笔墨仍待沾染白纸
字符悄然组合
空气暗中震荡
音韵静静流淌

白纸说它听到
诗句在时间里呼吸
在空气中回响

写作
是两种色彩飞舞着编织华裳
是无言的白超越了文字
是墨水的黑落上了白纸

诗在语言的沉默里降生
在纸张的空白处酝酿
在色彩的黯淡中显形

写作是华裳织成之前
灵感在这三重空间内游走的步调

白纸之上墨水的飞舞
只有一种永恒的姿态
那便是黑色之上不可见的空寂

写于一九八三年

字

海梅·西列斯

译者：葛锦琛，浙江大学外国语学院本科生

早在纸张素净无物之时
线条便已细簌勾勒其上

线条的书就
——如它舞动在页上的间隙与节奏——
先于色彩的律动

于清白的书页中
蕴含线条的时空

文本化的躯壳
书写是色彩的空间律动
白覆于黑
黑加之白
于线条的缺空处
于页面的清净中

于色彩的空白里

书写是于这空间中的
先于形体的律动

白纸黑字的挥毫
只识一个符号：
那缤纷中莫见的白

1983

音　素

海梅·西莱斯

译者：黄鑫，华中师范大学外国语学院本科生

诗句中铿锵有力的素描
先于白之节奏。

诗句的节奏
——仿佛书页上的空间与韵律——
先于色彩之韵律。

诗句的空间与节奏
内向于书页之白。

词化之躯，书写
是色彩空间的韵律：
白覆于黑，
黑覆于白
在诗句的白色空间中，
在书页的白色空间中，

在色彩的白色空间中。

书写是先于那般躯体的韵律，
内向于那空间。

黑覆于白的书写
唯独知悉一种符号：
无形之白
源于色彩。

1983

字 符

哈伊梅·西雷斯

译者：刘蕊，上海外国语大学西方语系硕士生

线条的有声描绘
形成于纸张的空白之前。

而线条的时间
———如纸张的空白和跃动——
存在于色彩的跃动之前。

尽管如此，线条的空间和时间
都深深属于那空白的纸张。

待纸张被写满，字符
便是色彩在空间里的跃动：
留白在黑色字符间跳跃
黑色字符在白纸上舞动
在线条勾勒出的白色空旷里，
在纸张余留出的白色空旷里，

也在色彩衬托出的白色空旷里。

早在纸张被写满之前字符就已跃动，
直到深深归属于这纸张。

白纸上跃动的黑色字符
唯独认识：
那看不见的
色彩的空白。

1983

字　素

海梅·席利斯

译者：朱思源，浙江大学外国语学院本科生

线条悦耳的图案
在空白之前显现。
属于线条的时刻
——同纸内的空间与节奏——
比上色后才淌出的旋律先一步。
线条的时空
居于一页苍白。
文章的肉身，写下的字
是色彩浸染空间翻涌的韵律：
黑间白
白间黑
在行间的狭缝
在纸页的空隙
在纷繁色彩中的空白地带。
写作是抢先于它实体出生的律动
藏躲在空间的深处

白纸黑字上渗出的段落
只示一抹痕迹：
那看不见的白
在色彩斑斓间。

1983

获奖名单

第四届"求是杯"国际诗歌创作与翻译大赛获奖名单

创作类

参赛者	学 校	题 目
一等奖		
曹汉清	江苏师范大学	抵达关于爱的地方（组诗）
范庆奇	甘肃中医药大学	交通路 80 号记事
曾 万	中南民族大学	黑牛坪小学支教笔记（组诗）
二等奖		
陈 航	海南医学院	少女日记
毛克底	首都经济贸易大学	女书（外二首）
王珊珊	澳门大学	误入一个黄昏（六首）
尹祺圣	广西大学	燕子石（外二首）
臧思佳	北京师范大学	低于流水（组诗）
三等奖		
付 炜	四川电影电视学院	修改过程（三首）
高 微	广东技术师范大学	瘦金体（外二首）
李晨龙	华中师范大学	把文学切碎
李雅茹	西南科技大学	村 庄
李娅希	中央民族大学	相 信
王永苓	集美大学	空蝉（组诗）
许淳彦	四川大学	每个黄昏都有相同的路口
曾 庆	广西民族大学	我们将徒步穿越黑色的喻体（组诗）

参赛者	学 校	题 目
	优胜奖	
程莉斐	浙江大学	年轻的人想以此为生
杜明静	华东师范大学	回转时间兔
段晓曼	北京外国语大学	日常现实
郭云玉	华南农业大学	喧嚣仿佛从来与我无关
郎思达	澳门大学	写给一片流浪之地
李章超	浙江传媒学院	自 由
林霁煊	同济大学	渔 人
马 健	辽宁师范大学	日历（组诗）
史镜钰	上海政法学院	餐桌的一天
徐 浩	香港大学	盛 开
闫 莹	云南财经大学	脏 手
袁 宇	上海大学	黑 白
袁 源	四川师范大学	我像是一颗从中间开始病变的苹果
邹卜宇	浙江工业大学	窦 窳

翻译类

参赛者	学 校	题 目
一等奖		
雷 敏	中南大学	秋
刘天宇	浙江大学	踮起脚尖——让头顶
蒲婉莹	西南民族大学	市 郊
谢孙炜	大连大学	六 月
二等奖		
陈瑜婕	西安交通大学	秋 日
陈紫晶	浙江越秀外国语学院	谁在那里
李嘉众	外交学院	秋
练 斐	浙江大学	间脑颂
刘君羽	中国地质大学（北京）	秋
杨 朵	北京航空航天大学	踮起脚尖——这样，头顶
三等奖		
陈伊凡	北京语言大学	间脑颂
国序芃	吉林大学	何人于此徘徊？
李谷雨	云南大学	秋
李雨樨	暨南大学	秋
林一舟	四川外国语大学	秋之殇
刘 新	东北财经大学	秋 天
汝 琳	苏州大学	城 郊
孙心悦	大连海事大学	踮起脚——这样，头顶
王思齐	浙江大学	踮起脚跟，让头顶……
王逸奇	苏州大学	郊 夜
王梓霖	厦门大学	六 月
韦子轩	南京大学	秋

参赛者	学　校	题　目
优胜奖		
陈雪晴	北京工业大学	六　月
邓泽华	北京体育大学	城　郊
蓝晓燕	复旦大学	秋
郎振坡	中南大学	秋
李　铮	苏州大学	是谁？在那远处……
刘竺昕	云南民族大学	秋
鲁　振	北京第二外国语学院	秋
史慧琳	浙江大学	秋
孙成龙	南京师范大学	秋
王雪纯	郑州升达经贸管理学院	秋
魏文静	南京医科大学	秋
温丹萍	香港大学	秋
杨小雨	郑州大学	秋
赵姝铖	中南财经政法大学	六　月
郑楠涛	中山大学	北　郊

第五届"求是杯"国际诗歌创作与翻译大赛获奖名单

创作类

参赛者	学 校	题 目
一等奖		
郭云玉	济南大学	南山谣（组诗）
黄仙进	重庆移通学院	隐秘的角落（组诗）
梁 天	江苏师范大学科文学院	大漠敦煌手札
二等奖		
杜华阳	湖北中医药大学	下了一整天的风
刘林云	中国人民大学	岁月与风物
潘云贵	台湾中山大学	山水里的父母（组诗）
王正全	滇西科技师范学院	数星星的羊（组诗）
吴清顺	中原工学院	未竟叙事：致朴朴
熊春晓	武汉生物工程学院	菱形的世界（外三首）
余林东	中国海洋大学	冬日史，或是侧影
张 元	澳门科技大学	汉语之美，写我遍地乡愁（组诗）
三等奖		
曹 畅	中国药科大学	归，于夜色中（组诗）
戴明江	齐鲁工业大学	隔
范庆奇	香港都会大学	银灰色的月光（组诗）
宋哲枫	湖北中医药大学	武胜门之别（组诗）

参赛者	学 校	题 目
三等奖		
王珊珊	澳门大学	山中（组诗）
王伍平	惠州学院	在这所剩无多的人间
易文杰	厦门大学	汉语的归乡：从词到语言
张锦鹏	华中师范大学	植物的名字
张 杨	大连理工大学	读碑记（组诗）
钟婷婷	英国爱丁堡大学	农民的一生
优胜奖		
陈 荟	安徽师范大学	老伴每天都在咒我死怎么办
段晓曼	北京外国语大学	第二次诞生
耿健哲	华北水利水电大学	解 构
关舒丹	南开大学	时间顺着墙壁流淌下来
哈玉龙	兰州财经大学	是我分割了天空
胡郁芸	英国伦敦大学学院	复 活
李晨龙	华中师范大学	给写作造张面孔
李文楷	上海海事大学	风 筝
刘 磊	西北大学	童年游戏（组诗）
毛克底	首都经济贸易大学	陨（外四首）
谭子辰	广东第二师范学院	星
魏劲鋆	南华大学船山学院	失眠手记
吴子恒	山东大学	中文系笔记（组诗）
杨璐菁	中国人民大学	泥巴里的鱼
赵刘昆	吉林大学	小时候（外二首）

翻译类

参赛者	学 校	题 目
一等奖		
杜楚灵	厦门大学	语法课
郝晋雪	武汉大学	一夜燥热
黄国斌	湖南理工学院	语法课
刘浩东	北方工业大学	摩周湖
柳雯逸	上海外国语大学	茉莉花盛开……
宋欣毅	浙江大学	元 格
应彬琛	西南交通大学	破烂堆
苑华美	大连外国语大学	语法课
二等奖		
陈愉欣	浙江大学	摩周湖
陈 铖	北京航空航天大学	茉莉花盛放
关舒丹	南开大学	语法课
姜铸恒	北京外国语大学	字 形
蒋 博	信息工程大学洛阳校区	语法课
李艳琳	南昌航空大学	破铜烂铁
凌云峰	浙江越秀外国语学院	摩周湖
刘羽馨	西安外国语大学	闷热的夜晚迎来拂晓
吕贝茜	北京外国语大学	语法课
武 鑫	内蒙古师范大学	茉莉花在绽放
祝月灵	浙江大学	语法课

参赛者	学 校	题 目
三等奖		
戴安妮	华中师范大学	语法课
黄丽雯	上海政法学院	语法课
蒋 馨	中国矿业大学	语法课
赖贤帅	电子科技大学	语法课
李佳美	中南大学	语法课
李紫澍	南开大学	夏夜曼
刘林云	中国人民大学	摩周湖
玛尔哈巴	北京航空航天大学	茉莉花开
仝 源	大连外国语大学	遗渣之物
谭 琪	首都师范大学	摩周湖
肖本涵	中国人民大学	茉莉绽放……
谢孙炜	大连大学	摩周湖
徐佳轩	武汉大学	字 符
优胜奖		
蔡行健	苏州大学	破铜烂铁
曹 桢	上海外国语大学	诗降临之前
陈瑜婕	西安交通大学	在一个炎热的夜晚
崔济宇	大连交通大学	摩周湖
杜 欣	首都师范大学	摩周湖
段千禧	同济大学	一堆破烂
樊雅兰	长江大学	语法课
郗翊含	哈尔滨师范大学	摩周湖
葛锦琛	浙江大学	字
黄 鑫	华中师范大学	音 素
黄梓灵	中国人民大学	破 烂

参赛者	学　校	题　目
	优胜奖	
姜婉婷	北京外国语大学	语法课
李馨洁	武汉大学	茉莉正盛开
刘　蕊	上海外国语大学	字　符
刘瑞怡	西安外国语大学	语法课
刘西龙	四川外国语大学	漫漫夏夜之际
马楚萱	香港中文大学（深圳）	摩周湖
陶春夏	湖南工业大学	语法课
滕惠娟	东北师范大学	语法之课
汪新旻	苏州大学	茉莉花盛放
王思齐	浙江大学	茉莉在盛放
王文轩	湖南农业大学	语法课
吴芷静	北京第二外国语学院	语法课
伍丽姗	广东医科大学	语法课
肖慧宁	武汉大学	炎热一夜
杨　朵	北京航空航天大学	茉莉绽放……
余芝璇	淮阴工学院	语之律
张继源	牡丹江师范学院	摩周湖
张晋茹	北京航空航天大学	茉莉花盛开……
赵恩莹	浙江大学	摩周湖
郑玥祎	首都师范大学	茉莉花开……
周慧敏	山东师范大学	语法课
周雨辰	英国伦敦国王学院	语法课
朱思源	浙江大学	字　素